*De C*

*A.C. Baantjer*

# De Cock
## *en tranen aan de Leie*

*Fontein Paperback*

Eerste druk 1997
Achtste druk 2000

ISBN 90 261 1342 0

Foto omslag: Dirk Vanoutryve
Omslag: Twin Design bv, Culemborg

# 1

Het was warm. Te warm voor begin september. Een gloeiende, tropisch ogende zon scheen al dagenlang aan een stralend blauwe hemel. Fel en onbarmhartig teisterde ze de bewoners en de toeristen van de fraaie oude Hollandse hoofdstad aan de Amstel. Ook de avonden en nachten brachten geen verkoeling. De hitte van de dag hing drukkend in de nauwe stegen en straatjes van de binnenstad en kleefde loom aan de eeuwenoude geveltjes. De grachten stonken en zelfs de duiven op de Dam waren lusteloos.

Rechercheur De Cock van het aloude politiebureau aan de Amsterdamse Warmoesstraat trok met toegeknepen ogen de bovenste lade van zijn bureau open, bekeek daarna met slechts één ooglid open de hoogopgetaste stapel dossiers en drukte met een zoete grijns op zijn gezicht de lade weer zachtjes dicht.

Rechercheur Vledder, zijn jeugdige assistent, keek lachend toe.

'Heb je het weer te veel laten oplopen?' vroeg hij snierend. 'Je bent zo langzamerhand in het hele korps berucht om je permanente achterstand in de afwikkeling van zaken.'

'Is dat mijn reputatie?'

'Beslist.'

De Cock bromde.

'Ik wil echt wel,' reageerde hij verontschuldigend. 'Maar er komt steeds iets tussen wat ik belangrijker acht. Mishandeling is een ernstig misdrijf, maar een moord heeft voorrang.' De oude rechercheur stak zijn handen omhoog. 'Bovendien zijn mijn vingers te dik en te stijf om snel over de toetsen van een schrijfmachine te dansen.'

Vledder grinnikte.

'Vraag aan commissaris Buitendam om een rappe secretaresse.'

'Een mooie,' gniffelde De Cock, 'met lange slanke benen en een welgevormde buste.'

'Aan jou niet besteed,' antwoordde Vledder een beetje honend.

De Cock reageerde niet. Hij keek omhoog naar de grote elektrische klok boven de toegangsdeur van de grote recherchekamer. Het was half elf. De dienst zat er bijna op. Zijn gedachten gle-

den naar zijn glas chocolademelk in de magnetron en zijn plekje naast zijn vrouw in bed tussen koele witte lakens.
Het was een rustige avond geweest, bedacht hij, met weinig aanloop en zonder grote problemen. Zelfs op criminele activiteiten scheen de hitte een verlammende werking te hebben.
Hij kwam van zijn stoel omhoog. Door de open ramen drong het rumoer van de Warmoesstraat tot hem door. Een hoertje krijste een verwensing en een dronken sloeber zong met een onvervalst Jordaanaccent een lied over een verloren liefde.
Ineens sprong Vledder op.
'Ik mis iets,' riep hij om zich heen spiedend, 'er is iets weg.'
'Je verstand?' grinnikte De Cock.
Vledder schudde zijn hoofd.
'Echt... ik mis iets. Een facet. De hele avond heb ik al het gevoel dat het hier in de recherchekamer anders is dan anders. Dat gevoel stoort me.'
De jonge rechercheur keek omhoog en zijn gezicht verhelderde.
'Ik weet het,' riep hij opgewonden.
'Wat?'
'De TL-balk boven ons bureau zoemt niet meer. Het geluid is weg. Ze hebben er eindelijk een nieuwe buis ingezet.'
De Cock trok zijn schouders op.
'Ik heb altijd gedacht,' sprak hij achteloos, 'dat het zoemen erbij hoorde... net als vroeger het zacht ruisen van de gaslamp.'
'Heb jij dat nog meegemaakt?'
De Cock knikte.
'Soms ging de lamp plotseling uit en als moeder dan geen muntje voor de gasmeter in huis had, zaten we de rest van de avond bij een walmende kaars.'
'Was dat die goeie ouwe tijd,' vroeg Vledder spottend, 'waar jij altijd zo lyrisch over doet?'
De Cock knikte traag voor zich uit.
'Als kind logeerde ik graag bij mijn grootouders op Urk. Ik vond dat een feest. Mijn Bessie en mijn Bebbe hadden een prachtige smeedijzeren olielamp met een grote groene glazen bol. Die lamp hing met zware kettingen aan een balk van de zoldering. Alleen het midden van de tafel werd zacht gelig verlicht. In alle hoeken van de kamer bleef het fluisterend donker.'

'Ongezellig.'
'Integendeel,' riep De Cock enthousiast. 'Daar, in die duistere hoeken, verbleven de goede en de kwade geesten van het huis en vochten elke avond hun nooit aflatende strijd om de macht.'
'Wat een onzin,' bromde Vledder.
De Cock trok een ernstig gezicht.
'Ik heb nooit een moment getwijfeld. Voor mij waren die geesten er. En als ik nu even mijn ogen sluit, dan hoor ik opnieuw hun gefluister.'
De oude rechercheur zweeg even.
'We hebben nu elektrisch licht. De kamers kennen geen donkere hoeken meer. Maar de goede en kwade geesten zijn er nog steeds... wonen nu in de duistere spelonken van ons hart.'
Vledder grijnsde breed.
'En,' grinnikte hij, 'vechten daar hun nooit aflatende strijd om de macht.'
'Precies.'
Vledder blikte naar buiten.
'Het regent,' riep hij verrast. 'Eindelijk.' Hij kwam uit zijn stoel overeind en deed de ramen van de recherchekamer dicht. 'De stad snakt al dagen naar een verfrissende bui.'
De Cock knikte instemmend.
'Niet alleen de stad... ook ik verlang naar regen. Als de zon te lang achtereen schijnt, dan heb ik het gevoel dat...'
Plotseling stokte de oude speurder. Er werd zachtjes op de deur van de recherchekamer geklopt en Vledder riep: 'Binnen.'
De deur gleed langzaam open en in de deuropening verscheen de gestalte van een jonge vrouw. De Cock schatte haar op achter in de twintig. Ze droeg een lange lichtgroene regenjas met een daarbij passend hoedje. Traag en bevallig schreed ze naderbij en deed haar hoedje af. Lang, zwart golvend haar gleed glanzend naar haar schouders.
De Cock hield zijn adem even in. Ze was mooi, constateerde hij, uitzonderlijk mooi. Haar olijfkleurige huid, haar donkere, amandelvormige ogen, haar iets in ceriserood aangezette lippen brachten de betovering van een exotische schoonheid.
Bij het bureau van De Cock bleef ze staan.
Hij kwam haastig overeind en gebaarde uitnodigend naar de stoel naast zijn bureau.

'Neemt u plaats,' sprak hij hoffelijk. 'Waarmee zou ik u van dienst kunnen zijn?'
Ze knoopte haar regenmantel los, ging zitten, sloeg haar lange slanke benen over elkaar en zette haar handtasje op haar schoot.
'Ik kom de vermissing van mijn vader melden,' sprak ze zacht.
De oude rechercheur liet zich in zijn stoel terugzakken en glimlachte beminnelijk. 'Ik ben rechercheur De Cock. De Cock met ceeooccekaa. Met eh... met wie heb ik het genoegen?'
Er steeg een lichte blos naar haar wangen.
'Sorry, neemt u mij niet kwalijk. Ik had mij moeten voorstellen. Mijn naam is De Mirabello... Louise de Mirabello.'
De Cock schonk haar een bewonderende blik.
'De Mirabello,' herhaalde hij, 'een mooie naam... een prachtige klank.'
Ze knikte.
'Komt oorspronkelijk uit Lombardije. Ene Simon de Mirabello was in de Middeleeuwen een groot bankier in Vlaanderen.'
De Cock pakte een ballpoint en trok een schrijfblok naar zich toe.
'Hoe heet uw vader?' vroeg hij zakelijk.
Louise de Mirabello keek naar hem op.
'Albertus de Mirabello.' Ze aarzelde even. 'Zegt de naam u niets?'
De Cock keek haar vragend aan.
'Moet dat?'
Louise de Mirabello glimlachte.
'Ik dacht dat iedere rechercheur van de Amsterdamse politie toch wel de president van de rechtbank van dit arrondissement kende.'
De Cock maakte een verontschuldigend gebaar.
'Ik volg nooit terechtzittingen en ik lees geen rechtbankverslagen.'
'Ook niet van zaken die u zelf hebt behandeld... opgelost?'
De Cock schudde zijn hoofd.
'Ik lever de bewijsvoering van een misdrijf,' legde hij geduldig uit. 'Dat is mijn taak als rechercheur van politie. Wat de officieren van justitie en leden van de rechterlijke macht met die bewijsvoering doen, is hun verantwoordelijkheid.'
Hij zweeg even.

'Ik hoop alleen,' vervolgde hij peinzend, 'dat ze die verantwoordelijkheid kennen.'
Louise de Mirabello verschoof iets op haar stoel.
'Mijn vader is een fatsoenlijk rechter,' reageerde ze bits.
De Cock glimlachte om haar reactie.
'Daaraan twijfel ik niet,' sprak hij sussend. 'Hoe oud is uw vader?'
'Vijfenvijftig jaar.'
'Signalement?'
Louise de Mirabello opende het tasje op haar schoot.
'Ik heb een recente kleurenfoto van hem. Genomen op het strand van Knokke. Daar waren wij beiden vorige maand op vakantie. Sinds moeder is gestorven, neem ik hem maar zo'n beetje op sleeptouw. Anders vergeet vader om vrije dagen op te nemen.'
De Cock nam de kleurenfoto van haar over. Het was een haarscherpe foto, genomen met een goede camera. Het beeld toonde een wat gezette man met grijs haar en een bolrond, ietwat blozend gezicht. Hij droeg een kakelbont overhemd met korte mouwen en een te wijde beige Bahama-short.
De Cock legde de foto voor zich op zijn bureau.
'Mag ik die foto voor het onderzoek houden?'
'Als u wilt. Ik kan altijd nog een paar afdrukken laten maken.'
'Sinds wanneer wordt uw vader vermist?'
Louise de Mirabello schoof de mouw van haar lichtgroene regenjas iets terug en keek op haar horloge.
'Sinds twee uur en een kwartier.'
De Cock lachte vrolijk.
'Hoelang?'
'Twee uur en een kwartier.'
De Cock lachte opnieuw.
'Dan kan men toch nog niet,' sprak hij hoofdschuddend, 'van een eh... een ver-mis-sing spreken?'
Het gezicht van Louise de Mirabello betrok.
'Mijn vader is een nauwgezet mens, uiterst punctueel. Een man met vaste gewoonten.'
De Cock gniffelde.
'En daar is hij nu dus al twee uur en een kwartier van afgeweken.'

Louise de keek hem bestraffend aan.
'Ik wens,' sprak ze streng, 'dat u mijn aangifte van vermissing serieus neemt.'
De Cock trok zijn gezicht in een ernstige plooi.
'Uiteraard, maar ik begrijp de reden van uw bezorgdheid niet.'
Louise zuchtte.
'Vader belde mij om zes uur uit Gent in België op en zei dat hij op weg ging naar huis. Van Gent naar Amsterdam is ongeveer tweehonderd kilometer. Hij rijdt altijd via Antwerpen, Breda, Utrecht. Daar doet hij exact twee uur en drie kwartier over.'
'Altijd?'
Louise de Mirabello knikte nadrukkelijk.
'Vader had dus om acht uur vijfenveertig thuis moeten zijn. Ik had een glas rode bourgogne en wat toostjes voor hem klaarstaan.'
Ze schudde vertwijfeld haar hoofd.
'Toen hij er om kwart voor elf nog niet was, besloot ik niet langer te wachten en ben ik naar de Warmoesstraat gegaan om bij u zijn vermissing te melden.'
'Vindt u die aangifte niet wat voorbarig? Uw vader kan opgehouden zijn in het verkeer. Er zijn tientallen mogelijkheden te bedenken waardoor uw vader zich heeft verlaat.'
Louise de Mirabello schudde haar hoofd.
'Als vader op een of andere manier oponthoud had gehad, dan had hij mij daarvan op de hoogte gebracht. Hij weet dat ik mij snel ongerust maak.'
'Hoe?'
'Wat bedoelt u?'
'Hoe zou hij u op de hoogte hebben gebracht?'
'Vader heeft telefoon in zijn wagen.'
De Cock knikte begrijpend.
'In wat voor een wagen rijdt uw vader?'
Louise de Mirabello deed haar tasje weer open en nam er een notitie uit.
'Een donkerblauwe Peugeot 505,' las ze hardop, 'kenteken LV LN 46.'
De Cock maakte aantekeningen.
'Wat doet uw vader in Gent?'
'Vergaderen.'

De Cock grinnikte.
'Is onze nationale ziekte ook al naar België overgewaaid?'
Louise negeerde zijn opmerking.
'Vader vergadert wekelijks in Gent in het oude gebouw waar het Hof van Assisen bijeenkomt.'
'Waarover vergadert hij daar?'
'Daar in Gent zijn ook rechters uit Duitsland, Frankrijk en België. Het doel is te komen tot een gezamenlijke aanpak van terrorisme en zware criminaliteit. Er zijn nu landelijk nog te grote verschillen.'
De Cock boog zich iets naar haar toe.
'Het laatste contact dat u met uw vader had, was dus om zes uur met een telefoontje uit Gent?'
Louise de Mirabello sloot even haar beide ogen.
'Het is niet voor niets,' sprak ze zacht, 'dat ik zo snel reageer. Ik vrees voor zijn leven.'
De Cock toonde verwondering.
'Is daar reden toe?'
Louise knikte.
'Vader wordt met de dood bedreigd.'
De Cock fronste zijn wenkbrauwen.
'Door wie?'
Louise trok haar schouders op.
'Dat weet ik niet.' Haar stem trilde. 'Vader wil er niets over zeggen.'
'Hoe weet u dat dan?'
'Ik voel het.'
'Intuïtie?'
Louise de Mirabello schudde haar hoofd.
'Het is meer dan dat,' verzuchtte ze. 'Als thuis de telefoon rinkelt en ik neem op, dan wordt de verbinding onmiddellijk verbroken. Als vader de telefoon opneemt, dan lees ik de angst van zijn gezicht. En als ik later aan hem vraag met wie hij sprak, dan weigert hij te antwoorden.'
'U hebt toch een goede relatie met uw vader?'
'Zeker.'
'Toch houdt hij zijn zorgen voor u verborgen?'
Louise de Mirabello maakte een hulpeloos gebaar.
'Ik denk om mij te sparen. Vader krijgt ook brieven die ik niet

mag lezen. Hij verbergt die voor mij in zijn afgesloten secretaire.'
De Cock plukte aan zijn onderlip.
'Zouden de bedreigingen verband houden met zijn werk als rechter?'
'Mogelijk.'
'Heeft hij recentelijk zware vonnissen geveld?'
'Ik vind vader als rechter veel te mild. Hij legt mij wel eens een zaak voor en vraagt mij dan welke straf ik zou geven.'
Ze schonk De Cock een matte glimlach.
'Ik kom altijd veel hoger uit dan hij.'
De oude rechercheur hield zijn hoofd iets schuin.
'Andere generatie... andere opvattingen.'
Hij wees naar het telefoontoestel op zijn bureau.
'Bel eens,' stelde hij voor. 'Misschien is hij inmiddels thuisgekomen.'
Louise de Mirabello schudde haar hoofd.
'Dat heeft geen zin. Hij is er niet.' Haar onderlip trilde. 'Ik weet vrijwel zeker dat hem iets is overkomen.'
De Cock wees opnieuw naar het telefoontoestel op zijn bureau, dwingender nu.
'Bel toch maar.'
'Als u erop staat.'
De Cock knikte.
'Ik sta erop.'
Louise de Mirabello trok het telefoontoestel naar zich toe en draaide een nummer. Na een paar seconden zakte haar mond open en de hoorn gleed uit haar hand.
De Cock keek haar verschrikt aan.
'Wat is er?'
'Er werd opgenomen.'
'En?'
Louise de Mirabello slikte.
'Het was vader niet.'

# 2

De Cock pakte de gevallen hoorn op en luisterde. De verbinding was verbroken. Hij legde de hoorn op het toestel terug en keek naar het bleke gezicht van Louise de Mirabello.
'Een mannenstem?'
Ze knikte nauwelijks merkbaar.
'Een mannenstem,' herhaalde ze hees.
'Hoe meldde hij zich?'
Louise antwoordde niet direct. Ze had de schok nog niet geheel verwerkt. Met wijd opengesperde ogen staarde ze voor zich uit. Haar handen beefden en haar onderlip trilde. 'Hij... eh, hij zei: "Met... eh, met het huis van rechter De Mirabello".'
De Cock keek haar onderzoekend aan.
'Een vertrouwde stem?'
Louise schudde haar hoofd.
'Vreemd... voor mij vreemd.'
'Een bijzonder accent?'
'Dat... eh, dat is mij niet direct opgevallen,' antwoordde ze verward. 'Een tikkeltje Limburgs, dacht ik. Brabants. Die kant uit.'
De Cock boog zich iets naar haar toe.
'Zou u die mannenstem kunnen herkennen als u die weer hoorde?'
'Vermoedelijk wel.'
De oude rechercheur veranderde van onderwerp.
'Hoe bent u hier vanavond gekomen?'
Louise zuchtte diep. Er kwam weer wat kleur op haar wangen.
'Te voet. De Warmoesstraat is niet ver van de Herengracht. We hebben voor het huis aan de wallenkant maar één parkeerplaats. Die is voor vader.'
De Cock stond van zijn stoel op en slofte naar de kapstok. Hij wurmde zich in zijn oude regenjas en zette zijn hoedje op. Met een breed gebaar nodigde hij Louise de Mirabello en Vledder uit om hem te volgen.
'We gaan kijken.'

Ondanks de regen en het late uur was het nog vrij druk op het Damrak. Drommen toeristen, gehuld in plastic, paradeerden over het brede trottoir. Voor de vele halfopen eetgelegenheden die de boulevard de laatste jaren ontsierden, stonden mensen in de rij. Veelkleurige lichtreclames weerspiegelden zich in het glimmend natte asfalt.

Vledder ranselde de Golf over de weg.

De Cock keek hem van terzijde aan. De oude rechercheur hield niet van dat gejakker.

'Hij zal niet op ons wachten.'

'Wie?'

'De man die de telefoon aannam.'

Vledder bromde.

'Hij weet toch niet,' riep hij verongelijkt, 'dat hij vanuit een politiebureau werd gebeld. Misschien heeft dat telefoontje hem in het geheel niet verontrust.' De jonge rechercheur reed met onverminderde snelheid door. 'Ik vind het toch hondsbrutaal om in een vreemd huis de telefoon op te nemen.'

De Cock trok zijn schouders op.

'Is het voor hem een vreemd huis? Dat durf ik niet te stellen. Hij wist in ieder geval dat de woning het domicilie was van rechter De Mirabello.'

Vledder blikte opzij.

'Geen normale inbreker?'

De Cock schudde zijn hoofd.

'Ik denk dat het iemand is die bekend is met de situatie.'

Louise de Mirabello mengde zich vanaf de achterbank in het gesprek.

'Er komen nooit mannen bij ons over de vloer,' onderbrak ze de discussie.

De Cock draaide zich half om.

'Kreeg uw vader nooit bezoek?' vroeg hij verwonderd.

'Zelden.'

De Cock hield zijn hoofd iets schuin.

'U... eh, u onderhoudt geen relaties met mannen?'

Louise schudde haar hoofd.

'Ik ben gescheiden. Mijn ervaringen met mijn ex hebben mij voorgoed genezen.'

De Cock glimlachte.

'Is daarvoor één enkele slechte ervaring genoeg?' vroeg hij beminnelijk.
'Voor mij wel,' antwoordde Louise stellig. 'Mannen hebben voor mij alle bekoring verloren.'
De Cock plukte aan het puntje van zijn neus.
'Jammer... voor de mannen.'
Vledder reed gespannen verder. Tot ontstemming van De Cock negeerde hij na het Damrak voor de tweede maal een rood stoplicht en reed vanuit de Raadhuisstraat de Herengracht op.
'Welk nummer?' brulde hij.
Louise boog zich naar voren.
'Vijfendertig A, pal bij de Roomolenstraat.'
Vledder knikte begrijpend.
Omdat aan de wallekant alle parkeerruimte was bezet, plaatste hij de Golf midden op de brug naar de Herenstraat. De jonge rechercheur stapte haastig uit, mepte het portier dicht en rende de stille gracht op. Louise volgde hem onmiddellijk. Het geklikklak van haar hoge hakjes op het asfalt resoneerde veelvoudig tegen de oude gevels van de gracht. Haar lichtgroene regenjas fladderde om haar heen.
Met haar rechterhand hield ze haar dophoedje op zijn plaats. Het was een beminnelijk beeld. De Cock bezag het met genoegen en naderde in bedaagde tred.
Toen hij het pand had bereikt, waren Vledder en Louise de Mirabello al naar binnen. De oude rechercheur nam de trappen naar het bordes en bekeek de zware donkergroene deur. Hij merkte op dat er geen sporen van braak of verbreking te zien waren.
De Cock duwde de deur verder open. Louise en Vledder hadden geen licht gemaakt. Hij nam zijn zaklantaarn uit de steekzak van zijn regenjas en stapte naar binnen. Via de hal met een imposante staande klok, bereikte hij een lange brede gang, bekleed met roze marmer. Hij scheen omhoog. Het ovaal van zijn zaklantaarn danste speels over wulpse engeltjes aan het plafond. Aan het einde van de gang scheen licht door een halfopen deur. De oude rechercheur slofte naderbij. De deur gaf toegang tot een ruim hoog vertrek, waarin zware eiken meubelen. Schilderijen van donkere landschappen sierden de wanden.

Louise en Vledder stonden verslagen bij een fraai gestileerde secretaire. Ze keken om toen De Cock het vertrek betrad.
Louise wees met een droef gezicht naar het verwrongen slot.
'Opengebroken.'
'En de dreigbrieven?'
'Verdwenen.'

De Cock blikte om zich heen. De secretaire was heel deskundig opengebroken, maar verder waren in het vertrek geen sporen van geweld. De andere monumentale kasten in het vertrek waren niet beroerd.
De oude rechercheur wreef peinzend over zijn brede kin.
'Het je het huis al doorzocht?'
De jonge rechercheur wees naar Louise.
'Onze belangstelling betrof hoofdzakelijk de secretaire. Verder ben ik nog niet gekomen. Ook schijnt er iets met het licht aan de hand te zijn in dit huis.'
De Cock duwde hem zijn zaklantaarn in de hand.
'Ga eerst maar eens kijken of de man zich misschien nog ergens in dit huis ophoudt.'
Beschaamd liep Vledder het vertrek uit.
De Cock wendde zich tot Louise.
'Hoe weet u dat de dreigbrieven weg zijn?'
Ze wees naar de secretaire.
'Er zijn geen brieven meer.'
De Cock trok zijn wenkbrauwen op.
'U hebt mij gezegd dat u nog nooit een dreigbrief aan uw vader hebt gelezen.'
'Dat klopt. Vader hield ze voor mij verborgen. En het is mij als kind al bijgebracht dat men nooit de post van anderen mag openen.'
De Cock glimlachte.
'U hebt dus wel eens een enveloppe in handen gehad waarvan u vermoedde dat die een dreigbrief bevatte.'
'Inderdaad.'
'Ik neem aan dat u nieuwsgierig genoeg was om naar het poststempel te kijken.'
Louise de Mirabello zuchtte.
'Ze kwamen uit Gent.'

De Cock wachtte even.
'Toen u naar de Warmoesstraat ging, hebt u toen de deur goed afgesloten?'
Louise knikte nadrukkelijk.
'Absoluut. Ik ben heel secuur in die dingen.'
De Cock duimde over zijn schouder.
'Ik heb aan de buitendeur geen sporen van braak of verbreking geconstateerd. Het slot moet met een sleutel zijn geopend. Wie hebben er sleutels van dit huis?'
'Mijn vader... en ik.'
'Niemand anders?'
Louise trok een denkrimpel in haar voorhoofd.
'Mijn ex. De eerste jaren van ons huwelijk woonden wij bij vader in dit huis. Later betrokken wij een villa in Blaricum. Daar woont hij nog.'
'Na de scheiding van uw man bent u weer bij uw vader gaan wonen?'
Louise knikte.
'Vader wilde dat graag,' sprak ze teder. 'Ik ben zijn enige kind.'
'Naam?'
'Van wie?'
'Uw ex. Ik wil informeren of hij die sleutel nog steeds in zijn bezit heeft.'
Het gezicht van Louise versomberde.
'Hugo... Hugo de Goes.'
'Wat doet hij?'
'U bedoelt welke functie hij bekleedt?'
De Cock glimlachte.
'Dat bedoel ik.'
'Hij is een officier van justitie hier in het arrondissement van Amsterdam. Ik heb Hugo destijds door mijn vader leren kennen. Die twee kenden elkaar van de rechtbank. Vader vond hem wel een geschikte partij voor mij.'
'Dat viel tegen?'
'Laat ik daar niet over uitweiden.'
'U noemt zich Louise de Mirabello.'
Ze knikte.
'Na de scheiding van Hugo heb ik mijn meisjesnaam weer aan-

genomen. Ik wilde beslist niet langer mevrouw De Goes worden genoemd.'
De Cock keek haar onderzoekend aan.
'De haat zit diep,' stelde hij vast.
Louise knikte.
'Het is vreemd,' sprak ze bedachtzaam. 'Ik dacht dat het zou slijten, maar het steekt steeds weer de kop op. Hoe afstandelijker ik de jaren van mijn huwelijk bezie, hoe meer mijn haat jegens mijn ex-man groeit. Hij heeft een deel van mijn leven verknoeid.'
Vledder kwam hoofdschuddend het vertrek binnen.
'Er is niemand.'
De Cock keek hem peilend aan.
'Dat weet je zeker?'
'Zonder twijfel. Ik heb alle kamers doorzocht.'
'De wc's?'
'Ook.'
Louise zwaaide afwerend met haar handen.
'Ik blijf hier niet vannacht,' sprak ze nadrukkelijk. 'Voor geen goud.'
In haar stem trilde angst.
'Het idee dat een vreemde hier heeft rondgeslopen... ingebroken. Ik doe beslist geen oog dicht.'
Ze wendde zich tot De Cock.
'Wilt u mij naar het huis van mijn vriendin brengen? Daar kan ik altijd terecht.'
'In Amsterdam?'
Louise knikte.
'Aan de Zuidelijke Wandelweg.'
'Dat doen wij,' antwoordde De Cock toegeeflijk. 'Maar laat wel een briefje achter voor uw vader... dat hij weet waar hij u kan bereiken.'
Louise keek hem strak aan.
'Vader heeft zo'n briefje niet meer nodig.'
De Cock negeerde de opmerking.
'Kunt u het huis afsluiten? Anders moet ik het laten bewaken.'
'Dat kan ik.'
Vledder tastte in de zak van zijn colbert en hield een zakje van doorschijnend plastic omhoog.

'Deze bos sleutels heb ik gevonden.'

De Cock nam het plastic zakje van hem over en bekeek de inhoud.

'Waar?'

'Buiten, op straat, beneden voor de toegangsdeur naar het souterrain. Ik ben er met mijn handen niet aan geweest. Met mijn ballpoint heb ik de sleutelbos in dit zakje geschoven. Ik heb altijd een paar van die plastic zakjes bij mij. Misschien kunnen we er later iets mee doen... een sorteerproef voor een speurhond.'

Louise bekeek de inhoud van het zakje. Haar ogen werden groot en opnieuw trok alle kleur uit haar gezicht.

'De... eh, de sleutels,' stamelde ze. 'De sleutels van vader.'

De Cock keek haar scherp aan.

'U kunt zich daarin niet vergissen?'

Louise schudde haar hoofd.

'Ik... eh, ik herken het zilveren Amsterdammertje aan zijn sleutelhanger. Dat heb ik hem eens voor zijn verjaardag gegeven.'

Ze verlieten de slecht verlichte Zuidelijke Wandelweg en reden via de Amsteldijk terug in de richting van de binnenstad.

Vledder keek op zijn polshorloge.

'Het is al bijna half een. Zal ik je rechtstreeks naar huis brengen?'

De Cock schudde zijn hoofd.

'Ik wil eerst nog even naar de Kit... zetten we een veeooveetje[*] op de telex.'

Vledder keek hem verrast aan.

'Toch? Nu al? Rechter De Mirabello is nog slechts enkele uren vermist. Als we voor eenieder die een paar uurtjes later thuis komt een...'

De Cock onderbrak het betoog van zijn jonge collega.

'Lijkt mij zinnig. Als rechters verdwijnen heb je zo de pers op je nek.'

Vledder blikte opzij.

'Ik heb er... waar Louise de Mirabello bij was... niet over wil-

* Verzoek Opsporing Verblijfplaats

len praten, maar hoe kwam de insluiper in het bezit van de sleutels van de rechter?'
De Cock grijnsde.
'Hij heeft die van hem gekregen of hij heeft die van hem afgenomen.'
Vledder trok zijn schouders op.
'Waarom zou rechter De Mirabello zijn sleutels aan iemand afgeven?'
'Geen flauw vermoeden. Ik ken de beweegredenen eens rechters niet.'
Het klonk spottend.
De oude rechercheur zweeg even en trok zijn gezicht in een ernstige plooi.
'Ik houd het voorlopig op de tweede mogelijkheid... iemand nam hem de sleutels af. Dat is volgens mij ook het meest waarschijnlijke.'
'Waarom?'
De Cock gebaarde voor zich uit.
'Volgens Louise de Mirabello zat aan de zware sleutelbos van haar vader ook de sleutel van de secretaire. Als de rechter... om welke reden dan ook... zijn sleutels vrijwillig aan iemand had afgegeven, dan had hij hem ook over het gebruik van die sleutels geïnformeerd.'
De blik van Vledder verhelderde.
'Dan had hij de secretaire niet behoeven open te breken.'
De Cock knikte.
'Precies. De insluiper wist blijkbaar niet dat aan de omvangrijke sleutelbos van de rechter ook de sleutel van de secretaire zat. Anders had hij die wel gebruikt.'
Vledder maakte een schouderbeweging.
'Of hij gunde zich geen tijd om naar die sleutel aan de bos te zoeken.'
De Cock liet zich wat onderuitzakken.
'De insluiper,' bromde hij, 'gunde zich ook de tijd om de telefoon aan te nemen.'
Vledder kneep zijn lippen opeen en klapte met zijn vuist op het stuur.
'De insluiper moet hebben geweten,' sprak hij heftig, 'dat hetgeen hij zocht in die mooie secretaire was te vinden. Hij wist

deksels goed waar hij moest zoeken. Ik heb in het huis nergens anders sporen van braak gezien.'
De Cock kwam weer wat overeind.
'Je vertelde dat je die sleutelbos op straat hebt gevonden.'
Vledder knikte.
'Toen ik alle vertrekken van het huis had doorzocht, ben ik buiten gaan kijken. Ik vond ze op straat voor de deur naar het souterrain. De insluiper moet ze daar hebben verloren toen hij het pand verliet.'
De Cock trok een bedenkelijk gezicht.
'Een volle sleutelbos verliest men niet gemakkelijk. Zeker niet op straat. Hij is zwaar en geeft bij het vallen een rinkelend geluid.'
Vledder grinnikte.
'Misschien was hij wel doof.'
De Cock schudde zijn hoofd.
'Hij hoorde de telefoon en nam die op.'

De jonge rechercheur parkeerde de Golf op de gladde houten steiger achter het politiebureau. De rechercheurs stapten uit en slenterden via de Oudebrugsteeg naar de Warmoesstraat.
Toen ze de hal van het politiebureau binnenstapten, zwaaide Jan Kusters hen van achter de balie naderbij.
De Cock keek hem vragend aan.
'Wat is er? Op dit onchristelijke uur behoor ik op mijn bed te liggen.'
De wachtcommandant negeerde de opmerking. Hij greep een notitie van zijn bureau.
'Ik heb een paar minuten geleden een melding binnengekregen. Op de Basisweg, even voorbij het gebouw van De Telegraaf, ligt tussen de rails het lijk van een man.'
De Cock trok zijn neus iets op.
'Tussen de rails?'
Jan Kusters knikte.
'Er loopt daar nog een enkel spoortje. Ik heb er al een pitwagen heen gestuurd om te kijken.'
De wachtcommandant raadpleegde zijn notitie en keek op.
'Weet je wat zo vreemd is... het lijk heeft een strop om zijn nek.'

# 3

Tot genoegen van De Cock hield Vledder de snelheid van de Golf binnen redelijke perken. De jonge rechercheur zat ontspannen achter het stuur, leunde zo nu en dan iets achterover en neuriede een lied over een 'Hij' die een zilvervloot had gewonnen. Opmerkelijk. Tegen zijn gewoonte in, jakkerde Vledder niet. De oude rechercheur blikte schuin omhoog.
'Je begint het al te leren,' sprak hij goedkeurend.
De jonge rechercheur onderbrak zijn gezang.
'Wat?'
De Cock gebaarde voor zich uit.
'Dat dood onherroepelijk is... onomkeerbaar... en dat wij er niets aan kunnen veranderen door er een paar minuten eerder bij te zijn.'
Vledder bromde. Het begon harder te regenen. De zware druppels trommelden op het dak. De jonge rechercheur boog zich naar voren en zette de ruitenwissers van de Golf in een hogere versnelling.
De Cock ontweek het uitzicht door de voorruit en liet zich onderuitzakken. De zwiepende ruitenwissers hadden op hem een hypnotiserende werking.
Vledder keek op hem neer.
'Was jij al zo laconiek toen je mijn leeftijd had?' vroeg hij licht geprikkeld.
De Cock dook even in zijn herinnering en schudde glimlachend zijn hoofd.
'Ik rende vroeger ook,' antwoordde hij gniffelend, 'net als jij... was veel te enthousiast. Dat laconieke groeit met de jaren.'
Vledder knikte gelaten.
'Gun mij dan ook de jaren om te groeien.'
De discussie over het onderwerp stokte. De Cock had geen verweer.
Ze verlieten de ringweg om Amsterdam en reden links onder het viaduct door naar de Basisweg. Er was vrijwel geen verkeer. Het blauwe zwaailicht van de politiewagen was al van verre zichtbaar.

De Cock drukte zich wat omhoog en wees rechts naar het gebouw van De Telegraaf.
'Als daar nog een journalist in huis is,' sprak hij grijnzend, 'dan heeft "de krant van wakker Nederland" een primeur.'
Vledder snoof.
'Een primeur,' mompelde hij verachtend. 'Moord is als nieuws gedegradeerd. Pagina zes helemaal rechts onderaan, zeven korte regeltjes... meer berichtgeving is een moord tegenwoordig niet waard.'
De Cock keek hem van terzijde aan.
'Wie sprak er van moord?'
Vledder grinnikte.
'Een lijk met een strop om zijn nek... wat kan dat anders zijn dan moord?'
De Cock gebaarde.
'Zelfmoord.'
Vledder glimlachte.
'Daar hoop je op?'
De Cock knikte instemmend.
'Dan behoeven wij niet naar een duistere moordenaar te zoeken.'
Vledder parkeerde de Golf achter de pitwagen met zwaailicht. De rechercheurs stapten uit. Een jonge diender slofte in de regen op De Cock toe. Hij tikte ter begroeting met zijn wijsvinger tegen de klep van zijn pet en duimde over zijn schouder.
'Ik heb maar zolang een zeiltje over hem heen gelegd. Hij wordt anders zo nat.'
'Dat is netjes van je. Hoe lang na de melding waren jullie ter plekke?'
'Een tien minuten.'
'Hebben jullie nog iemand gesproken... de man of de vrouw die het lijk heeft ontdekt... iemand die de melding heeft gedaan?'
De jonge diender schudde zijn hoofd.
'Toen we hier kwamen was hier niemand. We dachten aan een valse melding. We hebben echt even moeten zoeken voor we het lijk hadden gevonden.'
'Heb je nadien al contact gehad met je wachtcommandant?'
De jonge diender knikte.
'Hij zei dat u eraan kwam en dat hij de meute zou waarschuwen.'

De Cock knikte begrijpend.
'Heel goed.'
De grijze speurder slofte achter de jonge diender aan. Naast de weg, tussen de rails van een enkel spoor, lag op vettige bielzen het lijk van een man. Zijn benen staken met de voeten omhoog onder een bruin canvas zeiltje uit. De jonge diender bukte zich, pakte het zeiltje in het midden vast en trok het met beide handen omhoog. Hij deed het langzaam, voorzichtig, alsof hij de dode nog pijn kon doen.
De Cock keek vanuit de hoogte op het lijk neer. Hij aanschouwde een wat gezette man met dun grijs haar en een bolrond gezicht. Met dode, wijd opengesperde ogen, staarde hij naar de regen. Verwonderd. Alsof de dood hem had verrast.
De Cock liet zijn blik langs de dode glijden. De man droeg een keurig effen grijs kostuum met een vest. Zijn korte benen waren iets gespreid. Zijn wat mollige handen lagen in een devote houding gevouwen op zijn buik. Ongeveer vanaf zijn kruis, onder zijn handen door liep een naar schatting vier centimeter dik touw. Het eindigde onder zijn kin in een gevlochten strop.
Die strop om zijn nek was een macaber gezicht.
Vledder stootte hem met zijn elleboog aan.
'Herken je hem niet?'
De grijze speurder knikte traag.
'Rechter De Mirabello.'

De Cock bleef secondenlang naar de dode staren. Er was iets wat hem hinderde... kleine dissonanten in zijn waarneming. Het beeld klopte niet.
Na enige tijd hurkte hij bij het lijk neer en bekeek de strop onder de kin van de dode. Hij was kunstig geknoopt. Daarna streek de oude rechercheur met zijn beide handen langs de zakken van zijn kleding. Na een poosje kwam hij omhoog.
'Geen sleutelbos.'
Vledder schudde zijn hoofd.
'Dat verwachtte ik ook niet,' grinnikte hij. 'Die heb ik in mijn zak.'
De Cock kauwde op zijn onderlip.
'En dan nog iets.'
'Wat?'

'Die strop is een fake.'
Vledder keek hem verward aan.
'Een fake?'
De Cock knikte.
'Ik heb in mijn lange loopbaan heel veel mensen gezien die zich hadden opgehangen of die opgehangen waren. Het beeld is dan anders. Het gelaat is dan anders van kleur. Die vreemde strop om zijn nek heeft volgens mij niets met de dood van rechter De Mirabello te maken. Hij stierf niet door ophanging of verwurging.'
De mond van Vledder viel halfopen.
'Waar... waarom dan die strop,' stamelde hij.
De Cock trok zijn schouders op.
'Het lijkt op een smerige grap.'
Vledder gromde.
'Ik zie er de humor niet van in.'
'Ik ook niet,' sprak De Cock somber. 'Maar sommige mensen hebben een merkwaardig gevoel voor humor.'
Bram van Wielingen gleed uit zijn dienstwagen en klapte met een smak het portier dicht. Met zijn aluminiumkoffertje aan de hand stapte de fotograaf dreunend naderbij. Met een nors gezicht bleef hij voor De Cock staan.
'Wat een vuil, vies, goor pokkenweer,' sprak hij hartgrondig. 'Kon je voor deze gelegenheid geen beter weer uitzoeken?'
De oude rechercheur keek hem onbewogen aan.
'Ik ben Onze-Lieve-Heer niet.'
Bram van Wielingen keek even naar de grijze speurder op, maar reageerde verder niet. Hij zette zijn aluminiumkoffertje op een vette biels en wierp een blik op de dode.
'Hij draagt een vreemde stropdas,' gniffelde hij. 'Een beetje groot uitgevallen. Past ook niet bij de kleur van zijn colbert.'
De fotograaf keek demonstratief om zich heen.
'Ik zie hier ook nergens een boom.'
'Moet dat?' vroeg Vledder.
Bram van Wielingen grijnsde.
'Om je op te knopen heb je toch minstens een boom nodig.'
De Cock kon de grapjes niet waarderen en liet dat merken.
'Met of zonder strop,' sprak hij scherp, 'dood verdient eerbied.'
'Vind jij het geen bezopen gezicht?'

De Cock maakte een afwerend gebaar.
'Maak jij maar gauw een paar plaatjes, dan kun je direct weer naar huis. Misschien is je vrouw van je grollen gediend.'
Bram van Wielingen grinnikte.
'Die kent mijn repertoire al.'
De fotograaf bukte zich en maakte zijn koffertje open. Met een haast teder gebaar pakte hij zijn trouwe Hasselblad en monteerde een flitslamp. Hij keek schuin omhoog naar De Cock.
'Moeten zijn ogen zo open blijven?'
De oude rechercheur wees naar het lijk.
'Voorlopig. We hebben hem zo gevonden en zo wil ik hem op een plaatje.'
'Moet je Ben Kreuger nog voor zijn vingertjes?'
De Cock schudde zijn hoofd.
'Laat Ben maar thuisblijven. Hier in de nattigheid kan hij toch niets doen.'
'Weet je al wie hij is?'
De Cock knikte.
'Albertus de Mirabello.'
Bram van Wielingen kwam met zijn camera in de hand geschrokken overeind.
'De president van de rechtbank?'
De Cock knikte opnieuw.
'Volgens mijn inlichtingen. Zijn dochter heeft een goed uur geleden zijn vermissing gemeld. Het signalement klopt.'
De fotograaf floot tussen zijn tanden.
'Daar krijg je nog een hoop gedonder mee, De Cock. Wedden?'
De Cock maakte een hulpeloos gebaar.
'Ik doe mijn werk en voor de rest...' Hij maakte zijn zin niet af en draaide zich om.
Achter zijn rug flitste Bram van Wielingen een paar maal in het dode gelaat.
Een beige ambulancewagen van de Geneeskundige Dienst reed met grote snelheid en gillende sirene naderbij. De remmen gierden toen de wagen achter de Golf tot stilstand kwam. Dokter Den Koninghe stapte uit. Achter hem volgden twee onaandoenlijke broeders met hun brancard.
De Cock liep op de oude lijkschouwer toe en schudde hem hartelijk de hand. Hij had een zwak voor de excentrieke dokter met

zijn ouderwetse grijze slobkousen onder een deftige streepjesbroek, zijn stemmig jacquet en zijn verfomfaaide groenuitgeslagen garibaldihoed. Zelfs in de gutsende regen verscheen hij in hetzelfde tenue. Zonder regenjas.
'Hoe maakt u het?' vroeg De Cock belangstellend.
Dokter Den Koninghe glimlachte.
'Ik ben blij dat het weer regent,' riep hij opgewekt. 'Die aanhoudende hitte vond ik ondraaglijk. Ik zou geen man voor de tropen zijn geweest. Ik houd van dit land van mist en mest.'
De Cock leidde hem naar de dode tussen de rails.
'Bent u iets dergelijks al eens tegengekomen?' vroeg hij wijzend.
Dokter Den Koninghe antwoordde niet. Met de rug van zijn wijsvinger wiste hij een paar regendruppels van zijn brillenglazen. Daarna hurkte hij bij het lijk neer. Even bezag hij de gelaatstrekken van de dode, pakte een kleine zaklantaarn uit een pand van zijn jacquet en scheen in de pupillen. Met duim en wijsvinger drukte hij voorzichtig de beide oogleden toe. Het bolle gezicht van de dode man kreeg met gesloten ogen opeens een veel vrediger aanzien... minder afschrikwekkend.
Dokter Den Koninghe maakte de strop onder de kin van de man iets losser en bekeek de hals. Er waren geen strangulatie- of wurgsporen te zien. Hij kwam uit zijn gehurkte houding omhoog. Zijn oude knieën kraakten.
De lijkschouwer nam zijn metalen brilletje af, pakte zijn witte pochet uit het borstzakje van zijn jacquet en poetste gewoontegetrouw zijn glazen schoon.
'Hij is dood,' sprak hij laconiek.
De Cock knikte met een ernstig gezicht.
'Dat begreep ik.'
De dokter wuifde naar de dode.
'Nog niet lang... hooguit enkele uren.'
'Oorzaak?'
De dokter kuchte.
'Daar kan ik niets zinnigs over zeggen,' antwoordde hij met een schorre stem. 'Dokter Rusteloos zal bij de gerechtelijke sectie morgen het naakte lichaam op uiterlijke verwondingen moeten onderzoeken. Ik kan dat zo niet bekijken.'
De Cock schudde zijn hoofd.

'Ik heb ook geen zichtbare verwondingen kunnen ontdekken,' sprak hij zorgelijk. 'Ik hoop niet dat ze hem hebben vergiftigd.'
De dokter keek hem verrast aan.
'Waarom niet?'
De Cock schoof zijn onderlip vooruit.
'Ik heb een hekel aan gifmoordenaars... ze zijn zo sluw. En het bewijs is zo moeilijk te leveren.'
De dokter zette met precieze bewegingen zijn brilletje weer op en duwde zijn pochet terug in het borstzakje van zijn jacquet.
'De man is vermoedelijk wel gedrogeerd.'
De Cock fronste zijn wenkbrauwen.
'Gedrogeerd?'
'Zijn pupillen zijn verwijd. Dat duidt op het gebruik van atropine, belladonna. Dring bij dokter Rusteloos aan op een toxicologisch onderzoek. Wellicht kan men op het laboratorium in Rijswijk vaststellen welk middel is gebruikt.'
De Cock wees naar de dode.
'En die strop?'
Dokter Den Koninghe liep grinnikend bij hem weg.
'Die hangt er ter versiering.'

Bram van Wielingen legde zijn Hasselblad en flitslicht terug in zijn aluminiumkoffertje en sloeg het deksel dicht.
'Ik kom morgen overdag hier wel even terug om een paar foto's van de omgeving te maken. Dat is in het donker en met die regen niet te doen.'
'Dat is goed,' zei De Cock.
Van Wielingen maakte een hoofdbeweging in de richting van de dode man tussen de rails.
'Hij was toch vorig jaar betrokken bij een schandaaltje rond zijn dochter? Hij nam het openlijk voor haar op. Volgens mij had die dochter iets met een officier van justitie.'
'Zijn dochter Louise de Mirabello was met een officier van justitie getrouwd,' verduidelijkte De Cock.
Bram van Wielingen trok een bedenkelijk gezicht.
'Dat was het niet,' sprak hij hoofdschuddend. 'Het ging niet over hun huwelijk. Die officier van justitie had een affaire met een vrouwelijke delinquent, die hij terzake moord had moeten vervolgen.'

'En deed hij dat dan niet?' vroeg De Cock.
'Ik weet het niet precies meer. Heb jij het dan niet gelezen?'
De Cock schudde zijn hoofd.
'Ik lees geen roddelbladen.'
Bram van Wielingen wuifde tot afscheid.
'Ik zou het toch maar eens even natrekken. Je weet nooit...'
'... hoe een koe een haas vangt... bedoel je dat?'
De fotograaf liep morrend van hem weg en De Cock glimlachte fijntjes.
De oude rechercheur wenkte de broeders van de Geneeskundige Dienst naderbij. In een reeks routinegebaren legden ze de dode op de brancard. Ze drapeerden een laken om hem heen, sloegen de canvasflappen terug en snorden de riemen vast. Zacht wiegend droegen ze hem naar de ambulancewagen. Ze schoven hem naar binnen en reden weg.
De Cock oogde hen na tot het rode achterlicht van de wagen in regen en nevel oploste.
Toen ook de pitwagen met de jonge dienders toeterend was weggereden, bleef De Cock met zijn hoedje iets naar voren geschoven bij de plek tussen de rails staan. Hij worstelde met een vreemd gevoel van onbehagen. Dit was, zo vertelde zijn intuïtie hem, geen normale moord. Rechters vermoordt men niet. Rechters zijn edelachtbare lieden, rechtschapen, streng en onaantastbaar. Hij realiseerde zich dat hij een ouderwets man was met in zijn hart een diep verlangen naar recht en orde.
Vledder kwam vanuit de Golf, waar hij voor de regen had geschuild, naar hem toe.
'Is dit het begin van een berg ellende?'
De grijze speurder knikte wat afwezig. Hij wees naar de plek waar de dode had gelegen.
'Zijn kleren waren niet doorweekt, het regent al vanaf half elf en hij was al uren dood.'
Vledder keek hem niet-begrijpend aan.
'En dat betekent?'
De Cock staarde voor zich uit.
'Dat hij niet hier is vermoord, maar elders.'

# 4

Gewoontegetrouw stapte De Cock de volgende morgen ruim een half uur te laat de grote recherchekamer binnen. Hij grinnikte vrolijk toen zijn zeilend hoedje op een haar na de haak van de kapstok miste. Hij deed zijn oude regenjas uit en raapte zijn hoedje op. Daarna slenterde hij naar zijn bureau.
Vledder keek van zijn elektronische schrijfmachine op.
'Heb jij variabele werktijden?'
De oude rechercheur keek hem niet-begrijpend aan.
'Wat zijn dat voor tijden?'
Vledder begon niet aan een uitleg. Hij wees voor zich uit.
'Je moet bij commissaris Buitendam komen. Onmiddellijk. Hij vroeg een half uur geleden al naar je.' De jonge rechercheur maakte een grimas. 'Maak je borst maar nat. Buitendam is in alle staten.'
De Cock toonde verwondering.
'Heeft hij slecht geslapen?'
'De dood van rechter De Mirabello schijnt een nationale ramp te zijn. Iedereen is er kapot van.'
De Cock trok achteloos zijn schouders op.
'De wereld draait gewoon door... ook zonder rechter De Mirabello.' Hij zweeg even. 'Heb je zijn dochter al op de hoogte gebracht?'
Vledder knikte.
'Ik heb haar vanmorgen gebeld... voorzichtig uitgelegd onder welke omstandigheden wij vannacht haar vader hebben aangetroffen.'
'En?'
Vledder zuchtte diep.
'Ze leek niet echt onder de indruk. Ik bespeurde geen enkele emotie bij haar. Ze reageerde uiterst koel, bijna ongeïnteresseerd. Geen stille momenten, geen huilbuien.'
De Cock trok zijn wenkbrauwen op.
'Merkwaardig. Ze was zo bezorgd.'
Vledder knikte.
'Ik heb uit haar koele reactie de moed geput om haar te vragen of ze aan de herkenning wilde meewerken.'

'Heel goed. En wilde ze dat?'
'Geen enkel bezwaar. Ze vroeg heel zakelijk wanneer ze haar vader mocht zien en of ze haar vriendin mocht meenemen.'
De Cock glunderde.
'Prachtig. Twee getuigen zijn voor de wet voldoende. Je moet wel aan die vriendin vragen of zij de rechter bij leven heeft gekend.'
'Uiteraard. Ik heb met Louise de Mirabello afgesproken dat ik haar met haar vriendin van de Zuidelijke Wandelweg ophaal en naar Westgaarde breng.'
'Hoe laat?'
'Elf uur. Ik heb dan net even de tijd voordat dokter Rusteloos aan de gerechtelijke sectie begint.'
De Cock kauwde nadenkend op zijn onderlip.
'Heb je haar verteld van de strop om de nek van haar vader?'
Vledder schudde zijn hoofd.
'Ik vond dat niet verstandig. Zo'n mededeling laat ik liever aan jou over bij een persoonlijke confrontatie. Door de telefoon zie je geen gezicht.'
De Cock keek hem bewonderend aan.
'Je wordt steeds beter.'
'Het werd tijd dat je het opmerkte,' reageerde Vledder vrolijk. 'Ik heb vanmorgen ook al afspraken gemaakt met onze dactyloscoop.'
'Om het huis van rechter De Mirabello op vingerafdrukken te laten onderzoeken.'
'Precies.'
De Cock trok een denkrimpel in zijn voorhoofd.
'Neem,' sprak hij traag, 'na afloop van de sectie die strop in beslag.'
Vledder keek hem verwonderd aan.
'Wat wil je ermee?'
'Laten zien aan een knopendeskundige.'
'Knopendeskundigen... zijn die er?'
'Er zijn mensen die alles van knopen, steken en worpen weten. Een gemiddelde sportzeiler kan je trouwens al veel over knopen vertellen.'
'Kun je geen kant-en-klare strop in de winkel kopen?'
De Cock lachte.

’Juffrouw, hebt u een strop voor mij te koop, ik wil mij ophangen?’ De oude rechercheur schudde zijn hoofd.
’De strop om de nek van Albertus de Mirabello was volgens mij een degelijk staaltje van huisvlijt.’
De telefoon op het bureau van De Cock rinkelde. Vledder nam de hoorn op en luisterde. Na enkele seconden legde hij de hoorn op het toestel terug.
De Cock keek hem vragend aan.
’Wie was dat?’
Vledder grijnsde.
’Een tierende Buitendam... waar je bleef.’

Commissaris Buitendam, de lange, statige chef van het politiebureau aan de Amsterdamse Warmoesstraat, wenkte met een slanke hand naar de stoel voor zijn bureau.
’Ga zitten, De Cock,’ sprak hij geaffecteerd. ’Ik wil volledig worden geïnformeerd.’
De oude rechercheur trok een stuurs gezicht en nam onwillig plaats. Tijdens een onderhoud met zijn chef zat De Cock niet graag. Het liefst bleef de grijze speurder staan, rechtop, zijn benen iets uit elkaar. Dan voelde hij zich optimaal weerbaar. Hij had geen hekel aan zijn commissaris, maar wanneer Buitendam hem ontbood, bezag hij hem steeds met enige argwaan. Het was een houding van strijdlust, van protest, die hij bij voorbaat aannam om zich tegen eventuele aantijgingen te verweren. En vooral... om zijn vrijheid van handelen te behouden.
’Hebben wij u niet duidelijk genoeg gerapporteerd?’ vroeg hij onnozel.
Buitendam snoof.
’Een mutatie,’ sprak hij laatdunkend, ’van vijf regels in het dagelijks rapport. En dat noem jij een duidelijke rapportage?’
De Cock reageerde traag.
’Meer valt er niet te melden,’ sprak hij loom. ’Nadat zijn dochter zijn vermissing had opgegeven, hebben wij aan de Basisweg tussen de rails een man dood gevonden... vermoedelijk vermoord.’
Buitendam klapte met zijn vlakke hand op zijn bureau.
’Een man,’ brulde hij, ’een man... weet je wel wie die man is?’
De Cock knikte.’Dat staat in de mutatie... ene Albertus de Mirabello, president van de rechtbank in Amsterdam.’

’Begrijp je dan niet,’ brieste de commissaris hoofdschuddend, ’wat een schok zijn dood in ons land teweeg zal brengen... we krijgen de pers, de justitie en de hele rechterlijke macht over ons heen.’ Hij stak zijn handen in wanhoop omhoog. ’En ik moet het doen met een mutatie van vijf regeltjes?’
De Cock maakte een hulpeloos gebaar.
’Meer is niet nodig.’
De ogen van Buitendam schoten vuur.
’Dat bepaal jij niet.’
De Cock trok zijn schouders op.
’Als na de gerechtelijke sectie blijkt,’ reageerde hij kalm, ’dat Albertus de Mirabello inderdaad is vermoord, dan zal ik proberen om zijn moordenaar te vinden. Dat is mijn beroep. Daar word ik... op bescheiden wijze... voor betaald.’
Buitendam trok zijn gezicht in een ernstige plooi.
’Ik ben bang dat deze zaak jouw krachten te boven gaat, De Cock. Dit is meer dan zo maar een moord. Deze affaire vergt een subtiele aanpak.’
De grijze speurder keek hem verrast aan.
’Waarom zou ik deze zaak nu niet tot een goed einde brengen?’
Commissaris Buitendam aarzelde met zijn antwoord.
’Rechter De Mirabello,’ sprak hij met stemverheffing, ’voert in opdracht van mevrouw Lastensjouwer van justitie besprekingen met rechters uit onze buurlanden om tot een betere, intensievere aanpak van de zware criminaliteit te komen.’
De Cock glimlachte.
’Een lofwaardig streven.’
Buitendam negeerde de opmerking.
’Mevrouw Lastensjouwer zal zich beslist persoonlijk voor deze zaak interesseren. Ik verwacht haar elk moment aan de telefoon. Ze is nauw bij die besprekingen in Gent betrokken. Ook internationaal zal de dood van rechter De Mirabello voor de nodige opschudding zorgen.’
De commissaris klapte opnieuw op zijn bureau.
’Ik ben ervan overtuigd,’ vervolgde hij met nadruk, ’dat zijn moordenaar in kringen van de zware criminaliteit moet worden gezocht. Die lui zijn duidelijk bevreesd dat aan hun lucratieve activiteiten een einde komt. Gezien het internationale karakter van deze affaire, zal ik mij dan ook in verbinding stellen met

Europol in Den Haag.'
'Verwacht u daar iets van?'
In De Cocks stem trilde ongeloof.
'Bureau Europol heeft de beste deskundigen op elk crimineel gebied. Bovendien hebben zij internationale verbindingen.'
'Waarom... waarom schakelt u ook de BVD niet in?' vroeg De Cock met lichte spot. 'Misschien heeft de dood van rechter De Mirabello ook iets met onze binnenlandse veiligheid te maken.'
Commissaris Buitendam keek hem scherp aan. De spottende toon was hem niet ontgaan. Hij tikte met de toppen van zijn vingers op zijn borst.
'Ik,' brieste hij, 'ik bepaal wie of wat er wordt ingeschakeld.'
De Cock stond op en knikte.
'U schakelt maar in wie u wilt,' sprak hij gelaten. 'Als ze mij maar niet voor mijn voeten lopen.'
Commissaris Buitendam kwam met een ruk uit zijn stoel overeind. Zijn bleek gezicht kleurde dieprood. Een zenuwtrek zwiepte langs zijn scherpe kaken en zijn lippen trilden. Met gestrekte arm wees hij naar de deur.
'Eruit.'
De Cock ging.

Vledder keek naar hem op.
'Was het weer zover?'
De Cock maakte een wegwerpgebaar.
'Ze moeten die man bevorderen tot hoofdcommissaris op Pampus.'
Vledder lachte. 'Daar woont niemand.'
'Dat bedoel ik,' reageerde De Cock scherp. 'Dan heeft ook niemand last van hem.'
Vledder keek hem onderzoekend aan.
'Je hebt, geloof ik, aardig de pest in.'
De oude rechercheur liet zich in zijn stoel achter zijn bureau zakken en schudde zijn hoofd.
'Buiten mijzelf... heeft nog nooit iemand aan mijn kwaliteiten als speurder getwijfeld.'
'Deed Buitendam dat?' vroeg Vledder ongelovig. 'Na al die jaren dat jij hier aan de Warmoesstraat de ene rotklus na de andere hebt opgeknapt... twijfelt hij nog aan jouw capaciteiten?'

De Cock knikte vaag.
'Hij was bang dat deze zaak mijn krachten te boven zou gaan... dat deze affaire niet door mij kon worden behandeld... te moeilijk, te ingewikkeld met vergaande internationale betrekkingen. De moord op rechter De Mirabello vergde volgens hem een subtiele aanpak.'
Vledder schudde zijn hoofd.
'En dat "subtiele" heb jij niet?'
De Cock trok zijn schouders op.
'Hij zou Europol in Den Haag inschakelen.'
Vledder lachte vrijuit.
'Europol,' sprak hij schamper. 'Die jongens mogen niet eens naar een fietsendief kijken... laat staan hem arresteren.'
De Cock plukte aan zijn onderlip.
'Commissaris Buitendam wist ook precies waar de dader van de moord moest worden gezocht... in kringen van de zware criminaliteit.'
'Hoe geniaal.'
De Cock grinnikte.
'Ik heb hem maar niet gevraagd om mij het adres van die kringen te geven. Ik ben bang dat Buitendam dan helemaal niet meer...'
De oude rechercheur stokte.
Er werd op de deur van de recherchekamer geklopt en Vledder riep: 'Binnen.'
In de deuropening verscheen de gestalte van een grofgebouwde man. De Cock schatte hem op achter in de veertig. Hij droeg een verschoten spijkerbroek en een zwart jack met in goudborduursel de tekst 'I feel fine'. Zijn grote voeten staken in opzichtige basketballschoenen. Met lichte tred kwam hij naderbij en bleef bij het bureau van de grijze speurder staan.
'U bent toch, rechercheur De Cock?' vroeg hij onzeker.
De oude rechercheur knikte.
'De Cock met... eh, met ceeooceekaa.'
De man pakte ongevraagd een stoel en ging zitten.
'Ik wil even met u praten.'
De Cock monsterde de gelaatstrekken van de man... de smalle neus, de hoogoplopende jukbeenderen, de kleine groene ogen en het in opvallend geel geverfde stoppeltjeshaar.

'You feel fine?'
De man keek naar de tekst op zijn jack.
'Stelt niets voor,' mompelde hij.
'Wie bent u?'
De man grijnsde.
'Ik dacht dat u mij wel kende. Ik ben Bertus... Bertus van Laar... beter bekend als Utrechtse Bertus.'
De Cock schudde zijn hoofd.
'Bij mijn weten heb ik nog nooit het genoegen gehad u te ontmoeten.'
Bertus van Laar gniffelde.
'Het kon toch?' sprak hij nonchalant. 'Ik ben geen onbekende bij de prinsemarij. Een overvalletje en een paar onbeduidende inbraken. Dat is alles. Ik ben er ook niet rijk van geworden. Ik heb er alleen een paar Jannen* aan overgehouden.'
De Cock lachte.
'Stom. Dan was je niet goed genoeg. Het is tegenwoordig niet zo moeilijk om uit handen van de politie te blijven.'
Bertus van Laar trok een grijns.
'Je moet met een zatte kop geen kraak plegen. En meestal had ik een zatte kop... maakte ik foutjes.'
'Kom je een bekentenis doen?' vroeg De Cock voorzichtig.
Bertus schudde zijn hoofd.
'Ik ben net vrij,' reageerde hij met een diepe zucht. 'Ik ben pas gisteren uit de bajes gekomen. Voorlopig houd ik mij gedeisd.'
De Cock boog zich iets naar hem toe.
'Je bent toch niet naar de Kit gekomen om in mijn mooie blauwe ogen te kijken?'
Utrechtse Bertus keek hem misnoegd aan.
'Volgens mij zijn ze niet eens blauw,' antwoordde hij knorrig.
De Cock trok zijn gezicht in een ernstige plooi.
'Steek van wal,' sprak hij strak. 'Wat heb je op je lever?'
Bertus spreidde zijn handen.
'Ik lees geen kranten... was vroeger niet zo'n beste leerling op school. Vanmorgen in het koffiehuis op de hoek vertelde een gabber van mij dat hij in de krant had gelezen dat ze rechter

* een Jan; bargoens voor een jaar bajes

De Mirabello dood hadden gevonden... vermoedelijk gemold. En daar ben ik toch echt even van geschrokken.'
'Hoezo?'
Utrechtse Bertus frunnikte aan zijn geelgeverfde haren.
'Ik had geen hekel aan hem,' sprak hij hoofdschuddend. 'Ik ben een paar maal door De Mirabello veroordeeld, maar op een nette manier, begrijpt u. Geen gezanik, geen opgeheven vingertje van "als je het nog eens doet". Gewoon... je hebt je kont verbrand... moet je op de blaren zitten.'
De Cock luisterde gedwee.
'Verder?'
Bertus schudde opnieuw zijn hoofd.
'Ik ben geen versliecheraar... nooit geweest. Maar dit zit mij toch dwars.'
'Wat?'
Utrechtse Bertus verschoof iets op zijn stoel.
'In de bajes heb ik een man ontmoet... die had een bloedhekel aan De Mirabello... kon zijn bloed wel drinken.'
De Cock trok achteloos zijn schouders op.
'Er zullen wel meer veroordeelden zijn die een hekel aan hun rechter hebben.'
'Bij hem was het anders,' sprak Bertus ernstig. 'Dat proefde je. Die vent meende het... zat tot zijn kruin vol haat. "Zodra ik vrijkom," zei hij, "maak ik hem koud. Ik zweer het je. Dat is het eerste wat ik doe." En dan vloekte hij op alles wat hem dierbaar was... zijn moeder, zijn vrouw, zijn koters.'
'En?'
Utrechtse Bertus liet zijn hoofd iets zakken.
'Hij is deze week gelijk met mij op proefverlof gegaan. En weet u wat hij zei toen ik afscheid van hem nam?'
'Nee.'
'Hou de kranten in de gaten... De Mirabello bij de overlijdensberichten.'
De Cock wreef met zijn vlakke hand nadenkend over zijn breed gezicht.
'Ken je de naam van die vent?'
Bertus van Laar knikte.
'In de bajes noemden we hem de stierennek. Maar hij heet Jos... Jos van Geesteren. Hij is een Belg en komt uit Gent.'

# 5

Toen Vledder de grote recherchekamer binnenkwam, leunde De Cock in zijn stoel achterover.
'Hoe was de sectie?' vroeg hij belangstellend.
Vledder zette een grijze plastic vuilniszak naast zich neer en ging achter zijn bureau zitten.
'Beroerd,' sprak hij diep zuchtend. 'Dokter Rusteloos is uren bezig geweest, maar hij heeft niets kunnen vinden. Het lichaam van rechter De Mirabello was puntgaaf... geen in- of uitwendig letsel.'
De Cock trok een bedenkelijk gezicht.
'Toch vergiftigd?'
Vledder maakte een hulpeloos gebaar.
'Dat moet haast wel,' sprak hij triest. 'Dokter Rusteloos kon tot geen andere conclusie komen. Hij heeft nog gekeken naar etsingen van de maagwand door een of ander bijtend zuur. Die etsingen waren er niet. Daarna heeft hij monsters genomen van de maag- en darminhoud, van bloed, urine, van de lever en de nieren.'
De Cock knikte begrijpend.
'Voor een toxicologisch onderzoek.'
Vledder glimlachte.
'Een kistje vol monsters... lijkdelen. Dokter Rusteloos vroeg of wij al enige indicatie hadden welk gif er was gebruikt.'
'En?'
'Ik heb hem toen gezegd dat dokter Den Koninghe in verband met de pupilverwijding dacht aan atropine, belladonna.'
De Cock knikte voor zich uit.
'Daar leek het op,' sprak hij instemmend. 'Jaren geleden heb ik eens een geval van vergiftiging met atropine behandeld. Het had alle facetten van een moord, maar bleek uiteindelijk een zelfmoord te zijn.'
Vledder hield zijn hoofd iets schuin.
'Wat is atropine voor een soort vergif?'
De Cock trok een vies gezicht.
'De plant atropa, waarvan atropine wordt gemaakt, behoort tot de nachtschadefamilie. Het is een uiterst gevaarlijk plantengif.

Dat blijkt ook uit de naam. Atropine komt van Atropos, de schikgodin die volgens de Griekse mythologie de levensdraad van de mensen doorknipte.'
'Een dodelijk gif.'
De Cock knikte.
'Onze benaming voor de plant is wolfskers of... wat luguber... doodbes.'
'En belladonna?'
De Cock glimlachte.
'Betekent letterlijk "schone vrouw". Het sap van de wolfskers werd in het Nabije Oosten door vrouwen wel in de ogen gedruppeld. Door de pupilverwijding glansden de ogen en leken ze mooier en groter.' De oude rechercheur gniffelde.
'De vrouwen in het Nabije Oosten hebben er altijd veel voor overgehad om hun mannen te behagen. Denk maar eens aan Cleopatra, van wie wordt gezegd dat zij zich baadde in ezelinnenmelk.'
Vledder negeerde de opmerking.
'Atropine is dus al een oud vergif,' stelde hij zakelijk vast.
De Cock knikte.
'De oude Grieken en de Romeinen gebruikten het al om tegenstanders uit de weg te ruimen.'
Vledder gebaarde.
'Volgens dokter Rusteloos zal het toxicologisch onderzoek nog wel enige tijd vergen. Hij vroeg ons om hem te berichten als wij iets meer wisten. Het was volgens hem moeilijk zoeken naar vergif.'
De Cock knikte instemmend.
'Vooral wanneer men niet weet naar welk gif men zoeken moet. Er zijn er zoveel.'
De oude rechercheur zweeg even.
'Gaf de herkenning nog problemen?'
Vledder schudde zijn hoofd.
'Louise de Mirabello en haar vriendin gedroegen zich heel rustig tijdens de confrontatie. Geen tonelen. Louise mompelde heel even "dag papa". Meer niet. Ze vroeg niet naar een doodsoorzaak... hoe hij om het leven was gekomen. Het scheen haar niet te interesseren. Ze vroeg niets.'
'Merkwaardig.'

Vledder knikte instemmend.
'Louise was ook na afloop van de confrontatie kalm en uiterlijk onbewogen. Ze vertelde mij dat zij nu met haar vriendin vanaf de begraafplaats Westgaarde met een taxi naar de Herengracht zou gaan om daar Ben Kreuger, onze dactyloscoop op te vangen.'
'Had jij dat zo georganiseerd?'
'Ik kon Ben Kreuger moeilijk laten inbreken om op de Herengracht naar vingertjes te zoeken,' reageerde Vledder vinnig. 'En ik heb ook de taxi voor Louise en haar vriendin betaald.'
'Toe maar... gemeenschapsgeld.'
'Ik kon die twee vrouwen,' riep hij gepikeerd, 'toch niet op Westgaarde laten ronddolen tot dokter Rusteloos met de sectie klaar was en ik hen zelf kon terugbrengen?'
De Cock lachte om Vledders reactie.
De jonge rechercheur bukte zich en wierp De Cock met enig venijn de grijze plastic vuilniszak toe.
'Hier, je strop.'
De Cock ving de zak op en maakte hem open. Hij bekeek de glijlus van de strop aandachtig.
'Kunstig,' lispelde hij. 'Het lijkt wel een gordiaanse knoop.'
Vledder grinnikte.
'Die was onontwarbaar.'
De Cock knikte.
'En ik,' sprak hij somber, 'ben Alexander de Grote niet.'
'Jij hakt geen knopen door?'
De Cock schudde zijn hoofd.
'Daarvoor is het zwaard der gerechtigheid van Vrouwe Justitia veel te bot.'

De man die zonder kloppen de grote recherchekamer binnenstapte, was lang en slank. De Cock schatte hem op achter in de dertig. Hij droeg een keurig grijsflanellen kostuum. Met grote passen liep hij op De Cock toe.
'De wachtcommandant,' sprak hij verklarend, 'zei mij dat ik u hier kon vinden. Ik heb mijn hoed en natte regenjas maar bij hem achtergelaten.'
De Cock keek op en monsterde zijn smal, scherpgelijnd ge-

zicht, zijn donkerblonde haren met beginnend grijs aan de slapen.
De oude rechercheur kwam uit zijn stoel omhoog en plooide zijn gezicht in trekken van verbazing.
'Wie bent u?'
De man stak hem zijn hand toe.
'Ik ben De Goes... Hugo de Goes, officier van justitie in Amsterdam.'
De Cock drukte de hem toegestoken hand.
'Mijn naam is De Cock met eh... met ceeooceekaa.'
De officier van justitie glimlachte.
'Dat is mij bekend.'
De Cock vroeg geen nadere uitleg. Hij gebaarde naar de stoel naast zijn bureau.
'Gaat u zitten,' sprak hij vormelijk. 'Waarmee kan ik u van dienst zijn?'
Heer De Goes nam plaats.
'Om... eh, om misverstanden te voorkomen,' sprak hij weifelend, 'voor de goede orde... wil ik mijn aanwezigheid hier even verduidelijken. Ik ben hier niet als officier van justitie.'
De Cock toonde verbazing.
'In welke hoedanigheid bent u hier dan?'
De Goes kuchte.
'U kunt mij als een doorsnee-burger beschouwen, die zijn medewerking wil verlenen bij het oplossen van een misdrijf.'
De Cock veinsde onbegrip.
'Welk misdrijf?'
'De moord op rechter De Mirabello.'
'Moord?'
'Ik ben ervan overtuigd,' sprak De Goes met stemverheffing, 'dat de rechter om het leven is gebracht. En dat gaat mij ter harte. Ik heb ambtelijk vele malen contact met hem gehad. Hij was een aimabel en rechtschapen man. Bovendien was ik...'
De Cock onderbrak hem.
'... gehuwd met zijn dochter.'
'Exact,' antwoordde De Goes geprikkeld. 'Ons huwelijk liep op de klippen, maar daar kon rechter De Mirabello niets aan doen.'
De Cock wreef met zijn linkerhand over zijn kin.
'Wat is uw hulp?'

De Goes keek hem niet-begrijpend aan.
'Hulp?'
De Cock knikte.
'U zei,' sprak hij nadrukkelijk, 'dat u als doorsnee-burger uw medewerking wilde verlenen bij het oplossen van een misdrijf... de moord op rechter De Mirabello. Wel... wat is uw inbreng?'
De Goes toonde enige verwarring.
'Ik... eh, ik weet niet of u bij uw onderzoek al enige vorderingen hebt gemaakt?'
De Cock schudde zijn hoofd.
'Nauwelijks.'
'Hebt u al contact gehad met Louise?'
De Cock knikte.
'Zij kwam hier gisteravond laat de vermissing van haar vader melden.'
De Goes verschoof iets op zijn stoel.
'Weet u dat Louise de enige dochter is van de rechter. Meer kinderen zijn er niet.'
De Cock glimlachte.
'Dat heb ik uit de woorden van Louise begrepen.'
'Weet u dat rechter De Mirabello een zeer vermogend man was?'
De Cock schudde zijn hoofd.
'Ik heb nog niet naar de financiële status van het slachtoffer geïnformeerd.'
De adamsappel van Hugo de Goes wipte even op en neer.
'Ik schat het vermogen van de rechter op enige tientallen miljoenen.'
De Cock floot tussen zijn tanden.
'Niet gering.'
De Goes boog zich iets naar hem toe.
'U en ik weten uit ambtelijke ervaring dat voor sommige mensen moord geen belemmering vormt wanneer daardoor veel geld in het vooruitzicht komt.'
De Cock analyseerde de woorden en beluisterde de toon.
'Wat wilt u daarmee zeggen?' vroeg hij streng.
De Goes zuchtte.
'Ik heb Louise in de tijd dat ik met haar was getrouwd, leren

kennen als een hardvochtig wezen... een vrouw die geen middel schuwt om haar zin te krijgen. Ik kan daarvoor tal van voorbeelden aandragen. Ze is sluw en gewetenloos.'
De Cock keek hem strak aan.
'Zo sluw en gewetenloos,' formuleerde hij voorzichtig, 'dat zij omwille van haar erfenis tot moord in staat is... moord op haar vader?'
'Exact.'
De Cock trok een grijns.
'U en ik,' sprak hij fijntjes, 'weten uit ambtelijke ervaring dat een blote beschuldiging niets bijdraagt tot het bewijs.'
De Goes knikte traag.
'Ik weet niet op welke wijze rechter De Mirabello om het leven is gebracht. Het krantenbericht dat ik vanmorgen las, gaf daarover geen uitsluitsel.'
Hugo de Goes zweeg even. Zijn kin zakte op zijn borst.
'Ik heb hieraan nooit ruchtbaarheid willen geven,' ging hij bijna fluisterend verder. 'Het had ongetwijfeld mijn carrière bij justitie geschaad. Maar enige jaren geleden heeft Louise een serieuze poging ondernomen om mij te vergiftigen.'

Toen Hugo de Goes de grote recherchekamer had verlaten, viel er een diepe stilte. De beide rechercheurs waren in gedachten verzonken. Het was Vledder die de stilte verbrak.
'Ik geloof er geen bliksem van.'
De Cock keek op.
'Waarvan?'
'Dat Louise de Mirabello haar vader heeft vermoord.'
De Cock trok een ernstig gezicht.
'Vergif is van oudsher het wapen van de vrouw. Zij heeft de beste mogelijkheden om het toe te dienen. In de regel bereidt zij het voedsel. Ik ben ervan overtuigd dat er veel meer gifmoorden worden gepleegd dan er ooit in de openbaarheid komen.'
Vledder keek hem met grote ogen aan.
'Gelukte moorden... zonder dat er ooit politie en justitie aan te pas komen?'
In zijn stem trilde ongeloof.
De Cock maakte een schouderbeweging.

'Er zijn maar weinig vergiften,' sprak hij achteloos, 'die aan het lichaam van het slachtoffer uiterlijk zichtbare sporen nalaten, zoals pupilverwijding bij atropine en haaruitval en verbrokkeling van de nagels bij arsenicum. Bij de meeste vergiften is aan het lichaam niets te zien.'
'Dat is geen argument voor jouw stelling,' sprak Vledder hoofdschuddend, 'dat er meer gifmoorden worden gepleegd dan er aan het licht komen.'
De Cock tuitte zijn lippen.
'Het aantal meldingen van poging tot moord met vergif dat ons... de recherche bereikt, is gering, en die meldingen worden in de regel gedaan door mensen die de poging tot moord hebben overleefd.'
De grijze speurder spreidde zijn handen.
'En als zij het niet hebben overleefd... wie doet dan de aangifte, de melding... de moordenaar, de moordenares?'
Vledder zuchtte.
'Een angstige gedachte.'
'Dat is het,' sprak De Cock zuchtend. 'Ik hoop altijd maar dat mijn sombere gedachten over gifmoorden niets met de werkelijkheid van doen hebben.'
Een tijdje zwegen beiden. Na enkele minuten schudde Vledder zijn hoofd.
'Als wij rechter De Mirabello bij hem thuis dood hadden aangetroffen, dan had ik de gedachte aan Louise als moordenares in overweging willen nemen, maar met een strop om zijn nek tussen de rails aan de Basisweg...'
Hij maakte zijn zin niet af. De uitdrukking op zijn gezicht veranderde.
'Hoewel...' ging hij aarzelend verder, 'de houding van Louise de Mirabello na de dood van haar vader is toch vreemd... zo kil, zo zonder enige blijk van emotie... van verdriet.'
De Cock stak zijn wijsvinger omhoog.
'Wat denk je van het motief?'
'Je bedoelt die erfenis van miljoenen?'
De Cock knikte.
'Vind je dat reëel?' vroeg hij weifelend. 'Ik denk dat het Louise tijdens het leven van haar vader aan niets heeft ontbroken.'
Vledder gniffelde.

'Misschien was rechter De Mirabello ondanks zijn vele geld wel een gierige oude man, die zichzelf en zijn dochter niets gunde.'
De Cock staarde nadenkend voor zich uit.
'Vreemd, dat de heer De Goes niet meer weet waar hij de sleutels van het huis van rechter De Mirabello heeft gelaten.'
Vledder trok zijn schouders op.
'Dat kan gebeuren. Na de scheiding had hij die sleutels niet meer nodig.'
De Cock trok een bedenkelijk gezicht.
'Ik moet je eerlijk zeggen... ik begrijp de beschuldiging van die officier van justitie niet.'
Vledder keek hem niet-begrijpend aan.
'Hoe bedoel je?'
De Cock kauwde op zijn onderlip.
'Zit zijn haat jegens zijn ex-vrouw net zo diep als de haat van Louise ten opzichte van hem?'
'Als het waar is dat Louise eens heeft geprobeerd om hem te vergiftigen, dan is het toch logisch dat hij bij de plotselinge dood van rechter De Mirabello aan zijn ex-vrouw denkt?'
'Je moet toch eens nagaan of Louise en hij in gemeenschap van goederen waren getrouwd en onder welke voorwaarden het huwelijk is ontbonden.'
'Jij denkt dat hij belangen heeft?'
'Mogelijk.'
Vledder grinnikte vreugdeloos.
'Officieren van justitie zijn toch rechtschapen mensen... handhavers van de wet bij uitnemendheid... boven elke verdenking verheven.'
De Cock bracht zijn wijsvinger voor zijn neus.
'Neem één ding van mij aan... sluit nooit iemand uit om wat hij of zij is of doet. Mensen blijven mensen en niets menselijks is hen vreemd.'
Vledder lachte vrolijk.
'Een kreet van je oude moeder?'
'Precies.'
Vledder keek hem onderzoekend aan.
'Wat heb je gedaan in de uren die ik tijdens de sectie bij dokter Rusteloos doorbracht?'

De Cock trok een lade van zijn bureau open, nam daaruit een gidsje en hield dat omhoog.
'Gekeken op welke manier wij het beste naar Gent kunnen rijden.'
'Gent?'
De Cock glunderde.
'Alzo is Gent... volgens dit gidsje... die mooiste en de schoonste stad van Vlaanderen.'
'En daar wil je heen?'
De Cock knikte nadrukkelijk.
'Daar begint ons onderzoek. Als we Louise de Mirabello mogen geloven, dan belde haar vader haar gistermiddag om zes uur uit Gent. De rechter was dus op dat tijdstip nog in leven.'
De grijze speurder stak zijn wijsvingers omhoog.
'En vergeten wij de ex-gedetineerde Jos van Geesteren niet.'
Vledder grijnsde.
'De stierennek.'

# 6

De Cock speurder strekte zijn rug en zong.
*'Boven Gent rijst, eenzaam en grijs, 't oud Belfort, zinbeeld van 't verleden.'*
Het klonk vals. De grijze speurder kon geen wijs houden.
Vledder drukte met zijn wijsvingers zijn oren dicht.
'Wat is dat voor een lied?' schreeuwde hij boven het gezang uit.
De oude rechercheur lachte en zong verder.
*'Mijn naam is Roeland, 'k kleppe brand en luide storm in Vlaanderland.'*
Vledder zwaaide afwerend.
'Stop... daar kunnen mijn oren niet tegen.'
De Cock trok een verongelijkt gezicht.
'Een prachtig lied... Klokke Roeland. Dat heb ik vroeger nog op school geleerd. We zongen het in de klas uit volle borst. Vooral de laatste strofe van het lied, *Vlaanderland*, klonk machtig mooi.'
Vledder grinnikte.
'Ook als jij meezong?' vroeg hij ongelovig.
De Cock knikte.
'Zelfs als ik meezong.'
Vledder trok een grijns.
'En dat is alles wat je van Gent weet?'
De Cock boog beschaamd zijn hoofd.
'Zo ongeveer.'
'Weinig.'
De Cock knikte instemmend.
'Jaren geleden waren we samen op een missie in Antwerpen.* Maar ik verzeker je... ook Gent is een prachtige stad. Anders. Ik ben er slechts één keer geweest. Het was in de herfst op een druilerige regendag. Ik heb toen aan de voet van 't oud Belfort gestaan. De meer dan manshoge Klokke Roeland hangt niet meer in de toren, maar staat nabij te pronk in een klein plantsoen. In haar ruwstenen fundering is gebeiteld: *geboren 1660, gekwetst 1914, hier op rust 1950.*'

* Zie: *De Cock en moord op de Bloedberg*

De Cock maakte een triest gebaar.
'Ik heb mijzelf toen beloofd om spoedig terug te keren. Het is er nooit van gekomen.'
De oude rechercheur vouwde een wegenkaart open en drapeerde die over zijn bureau.
'We nemen dezelfde route als rechter De Mirabello en dan in omgekeerde volgorde... via Utrecht, Breda, Antwerpen naar Gent.'
De Cock keek peinzend op.
'Heb je die donkerblauwe Peugeot 505 van rechter De Mirabello met het kenteken LV LN 46 nog op de telex gezet?'
Vledder knikte.
'Onmiddellijk... dezelfde avond nog.'
'En?'
'Nog geen enkele reactie,' antwoordde Vledder spijtig.
'Misschien hebben ze die wagen in een of andere vaart, gracht of kanaal gereden. Dan komt de Peugeot van de rechter voorlopig niet boven water.'
De Cock negeerde de opmerking en pakte het gidsje.
'Volgens Louise de Mirabello vergaderde haar vader met rechters uit andere landen met het Hof van Assisen in Gent in het oude Justitiepaleis. Maar in dit gidsje kan ik geen Justitiepaleis vinden.'
Vledder trok zijn wenkbrauwen op.
'Bestaat er wel zoiets als een Hof van Assisen?'
De Cock knikte nadrukkelijk.
'Wij in Nederland kennen het niet. Maar in België is deze vorm van rechtspleging nog steeds in gebruik. Het Hof van Assisen voor Oost-Vlaanderen presideert in Gent. Dat is zeker.'
'Wat doet dat Hof van Assisen?'
'Het velt vonnissen voor zware misdrijven,' legde De Cock uit.
'Met drie beroepsrechters en een jury van twaalf gezworenen, die zich ook nog eens uitgebreid met de strafmaat mogen bemoeien, is de procedure nogal ingewikkeld, omslachtig en vooral bijzonder tijdrovend. Dat is de reden dat deze oude vorm van rechtspleging in België steeds meer tegenstand oproept.'
Vledder knikte.
'Ga je officieel toestemming vragen om in België op te treden?'
'Aan onze justitie?'

'Ja.'
De Cock schudde zijn hoofd.
'Dan ben ik verplicht om mij in Gent weer bij de plaatselijke autoriteiten te melden en daar voel ik niet veel voor.'
Vledder trok zijn schouders op.
'Je zult toch iemand moeten hebben die je de weg wijst.'
De Cock reageerde nukkig.
'Ik geef anderen niet graag tekst en uitleg van mijn handelingen. We nemen daar in Gent wel een taxichauffeur in de arm. Taxichauffeurs weten en kennen in de regel alles van de stad waar ze werken.'
'Ook het gerechtsgebouw?'
De Cock grinnikte.
'Geen probleem,' sprak hij hoofdschuddend. 'We stappen in Gent in een taxi en zeggen tegen de chauffeur dat wij graag naar het Justitiepaleis willen en dan zien we wel waar hij ons brengt. Ik heb dit...'
De oude rechercheur stokte. De deur van de grote recherchekamer gleed langzaam open en in de deuropening verscheen Louise de Mirabello. Ze droeg dezelfde lange lichtgroene regenjas met bijpassend hoedje als de avond tevoren toen ze de vermissing van haar vader meldde.
Traag en bevallig schreed ze naderbij en deed haar hoedje af. Opnieuw onderging De Cock de zoete betovering van haar exotische schoonheid.
Ze knoopte haar regenmantel los en nam op de stoel naast het bureau van de grijze speurder plaats. Haar handtasje hield ze op haar schoot.
'Is uw man van de dactyloscopische dienst al bij u geweest?' vroeg ze zacht.
De Cock keek haar verwonderd aan.
'Heeft Ben Kreuger vingertjes gevonden?' vroeg hij verrast.
Louise de Mirabello glimlachte.
'Ik weet niet of uw man Ben Kreuger heet,' sprak ze hoofdschuddend. 'Ik weet ook niet of hij vingertjes heeft gevonden. Hij ging wel kwistig met zijn kwast rond. Ik heb overal vieze poedervlekken op mijn meubels, deuren en kozijnen.'
De Cock maakte een verontschuldigend gebaar.
'Dat is onvermijdelijk. Het resultaat van zijn onderzoek hoor ik

pas over enige tijd.'
Louise de Mirabello schudde haar hoofd.
'De brieven.'
'Welke brieven?'
Louise de Mirabello zwaaide.
'De dreigbrieven. Uw man van de dactyloscopische dienst heeft ze gevonden. Hij heeft thuis net zo'n oude secretaire als wij. Hij vroeg of wij in het geheime laatje hadden gekeken.'
De Cock fronste zijn wenkbrauwen.
'Geheim laatje?'
Louise de Mirabello knikte.
'Ik wist niet dat er in onze secretaire zoiets als een geheim laatje was. Maar uw man van de dactyloscopische dienst wist het. Via een schuifje in een aangrenzend laatje kon hij het openen.'
'En hij heeft de brieven?'
Louise de Mirabello knikte.
'Met een soort tang heeft hij de brieven uit het laatje genomen en in een plastic zakje gedaan. Ik wilde ze van hem overnemen, maar dat weigerde hij.'
'U hebt niet gezien van wie die brieven afkomstig waren?'
Louise de Mirabello schudde haar hoofd.
'Daar gaf hij mij de kans niet toe. Hij sprak van een oude politiewet... geef nooit bewijs uit handen.'
De Cock glimlachte.
'Ik ken Ben Kreuger als een nauwgezet man. Ik zal hem straks bellen en vragen wat hij met de brieven heeft gedaan.'
Het gezicht van Louise de Mirabello versomberde.
'Weet u al iets?' vroeg ze zacht.
De Cock schudde zijn hoofd.
'Wij gaan morgenochtend vroeg naar Gent en hopen vandaar het spoor van uw vader te volgen.'
De oude rechercheur zweeg even.
'U zei,' ging hij verder, 'dat hij om zes uur vanuit Gent belde dat hij op weg ging naar huis. Deed hij dat altijd na een vergaderdag?'
Louise de Mirabello knikte.
'Ik zei u al: vader was een pietje-precies... een man van vaste gewoonten.'
'Dat wist zijn moordenaar vermoedelijk ook,' overdacht De

Cock hardop. Hij stak zijn wijsvinger omhoog. 'Zegt de naam Jos van Geesteren u iets?'
'Nee.'
'Jos van Geesteren is een door uw vader veroordeelde delinquent met als bijnaam "de stierennek".'
'Ik heb de naam Jos van Geesteren nooit door mijn vader horen noemen. Ik wist ook niet dat een man met die naam door mijn vader is veroordeeld.'
'Sprak uw vader wel eens met u over zaken waarover hij een oordeel moest vellen?'
Louise de Mirabello knikte.
'Hij vroeg wel eens naar mijn mening, maar noemde nooit namen van verdachten.'
'Weet u met welke buitenlandse rechters uw vader in Gent vergaderde?'
Louise de Mirabello schudde haar hoofd.
'Vader sprak nooit over zijn buitenlandse contacten. De vergaderingen in Gent hadden een informeel karakter. Het was meer een verkenning naar de mogelijkheden van een internationale aanpak van de criminaliteit.'
De Cock knikte begrijpend.
'Misdaad kent geen grenzen.'
De grijze speurder nam een kleine adempauze.
'U... eh, u bent na de dood van uw vader een rijke vrouw geworden. Uw vermogen wordt geschat op enige tientallen miljoenen.'
Louise de Mirabello reageerde plotseling fel.
'Wie zegt dat?'
'Uw man.'
'Hugo?'
De Cock knikte.
'Hij kwam hier uit eigen beweging. Ik bedoel... ik had hem niet uitgenodigd.'
'Wat zei hij?'
De Cock zuchtte.
'Minder vleiende dingen over u. Hij noemde u een hardvochtig wezen... een vrouw die geen enkel middel schuwde om haar zin te krijgen.'
De fraaie ogen van Louise de Mirabello schoten vuur.
'En u gelooft hem?'

De Cock spreidde zijn handen.
'Als liefde in haat verandert...' Hij maakte zijn zin niet af. 'Wat ik mij afvraag... heeft Hugo de Goes belangen bij de dood van uw vader?'
Louise de Mirabello liet haar hoofd iets zakken, maar antwoordde niet.
De Cock boog zich naar haar toe.
'Mijn collega heeft het nagetrokken bij de burgerlijke stand... Hugo de Goes is niet uw ex-man. Uw huwelijk met de officier van justitie is nog niet ontbonden. U bent nog steeds met hem getrouwd... in gemeenschap van goederen.'
Louise de Mirabello begon zachtjes te huilen. Haar tranen gleden over haar wangen, drupten op het leren handtasje op haar schoot.
'Hugo kent de wet,' snikte ze. 'Hij vindt steeds nieuwe hinderpalen om de scheiding uit te stellen. We zijn al bijna een jaar aan het procederen. Ik ben dat gekijf via advocaten spuugzat.'
De Cock kneep zijn ogen halfdicht.
'De dood van uw vader komt voor Hugo de Goes op een gunstig tijdstip. Zijn scheidingspartner is nu een vermogende vrouw.'
De oude rechercheur duwde de kin van Louise de Mirabello iets omhoog en draaide haar betraand gezicht naar zich toe.
'Een motief voor moord?'

Ben Kreuger legde een doorschijnend plastic zakje op het bureau van De Cock.
'Dat zijn ze.'
De Cock keek naar hem op.
'Waarom heb je ze niet direct gebracht?'
Ben Kreuger trok een verongelijkt gezicht.
'Ik heb ze eerst meegenomen naar het hoofdbureau. Daar heb ik ze met jodiumdampen* behandeld. Er staan mooie vingertjes op.'
'Van de briefschrijver?'
'Absoluut.'
De Cock reikte naar het plastic zakje. Ben Kreuger hield hem tegen.

* met jodiumdampen kunnen vingerafdrukken op papier zichtbaar worden gemaakt

'Wacht even... laat mij eerst mijn verhaal vertellen.'
De Cock trok zijn hand terug.
'Ik ben nieuwsgierig,' verontschuldigde hij zich.
Ben Kreuger glimlachte.
'Je kunt ze nog lang genoeg bekijken.' De dactyloscoop ademde diep. 'Toen ik bij de opengebroken secretaire kwam, zag ik direct dat het geheime laatje ongeschonden was gebleven.'
De Cock knikte ongeduldig.
'Jij vond de brieven.'
Ben Kreuger duwde het plastic zakje dichter naar De Cock toe.
'Er is een anonieme brief bij van iemand die van de rechter vergiffenis eist. Verder zijn alle brieven van Cornelis Houtman.'
De Cock keek hem ongelovig aan.
'Zijn de dreigbrieven ondertekend?'
Ben Kreuger schudde zijn hoofd.
'Ik heb op vrijwel alle dreigbrieven de vingerafdrukken van Cornelis Houtman gevonden. Die hadden wij in onze collectie. Cornelis Houtman is vele jaren geleden door rechter De Mirabello veroordeeld voor de moord op zijn vrouw.'
De Cock trok een denkrimpel in zijn voorhoofd.
'Ik... eh, ik herinner mij die zaak nog,' sprak hij peinzend. 'Zijn vrouw had hem verlaten en prostitueerde zich. Men vond haar dood in haar peeskamertje... gewurgd met een stuk touw.'
'Heb jij die zaak destijds behandeld?'
De Cock schudde zijn hoofd.
'Gelukkig niet. Het ressorteerde onder het politiebureau Singel.'
Ben Kreuger knikte begrijpend.
'Hoewel de schijn tegen hem was, heeft Cornelis Houtman altijd ontkend. Volgens hem was hij niet verantwoordelijk voor de dood van zijn vrouw.'
De dactyloscoop wees naar het plastic zakje.
'De brieven van hem zijn vermoedelijk uit de gevangenis gesmokkeld. Cornelis Houtman schrijft dat door toedoen van rechter De Mirabello zijn leven is verwoest en dat hij volkomen onschuldig een straf uitzit.'
De Cock schoof het plastic zakje naar zich toe.
'Waarmee bedreigde hij de rechter?'

'Hij zou hem opknopen.'
'Opknopen?'
Ben Kreuger knikte.
'Hij eindigt elke dreigbrief onveranderd met: *bereid je voor. Ik word jouw beul... hang met genoegen een strop om je vieze vette nek.'*
Toen Ben Kreuger was vertrokken, keek Vledder De Cock hoopvol aan.
'Gaan we hem nu onmiddellijk arresteren?' riep hij opgewonden. 'Die dreigbrieven spreken toch een duidelijke taal.'
'Vind je?'
Vledder reageerde verrast.
'Een-strop-om-je-vieze-vette-nek.'
De Cock zwaaide afwerend.
'Mensen die dreigbrieven schrijven, voeren hun bedreigingen zelden uit.'
Vledder grinnikte vreugdeloos.
'Hij is toch op z'n minst verdachte? Ik heb het nagetrokken. Cornelis Houtman is vorige week vrijgekomen en woont nu tijdelijk bij zijn oude moeder op de Bloemgracht.'
De Cock zuchtte.
'We gaan in ieder geval eens rustig met hem praten,' reageerde hij kalm. 'Vooral geen overhaaste dingen doen. Ik wil het niet op mijn geweten hebben dat Cornelis Houtman voor de tweede keer onschuldig wordt veroordeeld.'

Bij een oud huis aan de mooie Bloemgracht bleef De Cock staan en keek naar de naambordjes naast de toegangsdeur. Toen hij 'Houtman' had gevonden, nam hij uit de zak van zijn regenjas het apparaatje dat hij eens, lang geleden, van zijn vriend en ex-inbreker Handige Henkie had gekregen... een koperen houdertje met daarin een keur van stalen sleutelbaarden. Hij bekeek het slot en koos zorgvuldig de juiste sleutelbaard. Binnen enkele seconden had hij de deur geopend.
Na een klein portaal hees de oude rechercheur steunend en kreunend zijn negentig kilo langs een smalle houten trap omhoog. De oude uitgesleten traptreden kraakten onder zijn gewicht.
Vledder volgde lichtvoetig.

Op het donkere portaal van de eerste etage bracht de oude rechercheur zijn ademhaling weer op peil. Daarna klopte hij aan. De deur werd opengedaan door een oude vrouw in een gebloemd schort. Met een blik vol verbazing keek ze van De Cock naar Vledder en terug.
De oude rechercheur nam beleefd zijn hoedje af en hield het voor zijn borst.
'Mijn naam is De Cock,' sprak hij vriendelijk. 'De Cock met... eh, met ceeooceekaa.' Hij duimde met zijn linkerhand over zijn schouder. 'Dat is mijn collega Vledder. Wij zijn rechercheurs van het bureau Warmoesstraat.'
De mond van de oude vrouw viel halfopen.
'O, goeie God,' lispelde ze.
De Cock schudde zijn hoofd.
'Wij zijn pure aardse wezens... met alles wat daar zo aan kleeft.' Hij glimlachte ontwapenend. 'Als rechercheurs zijn wij op zoek naar uw zoon Cornelis.'
Mevrouw Houtman schudde haar hoofd.
'Die is er niet.'
'Mogen we toch even binnenkomen?'
Mevrouw Houtman deed een stap opzij en hield de deur verder open. Via de keuken leidde zij de rechercheurs naar een gezellig ingerichte woonkamer met veel pluchen dieren op het dressoir en een Dessokleedje op de tafel. Ze trok twee stoelen onder de tafel vandaan.
'Ga er even bij zitten. Moeten jullie mijn Cornelis hebben?'
De Cock keek naar haar dunne grijze haren en de krans van lieve rimpeltjes om haar mond.
'We wilden eens met hem praten.'
'Waarover?'
De Cock glimlachte opnieuw.
'De nare tijd die hij in de gevangenis doorbracht,' loog hij.
Mevrouw Houtman nam tegenover de rechercheurs plaats. Haar gezicht kleurde. Met haar vlakke rechterhand klapte ze op het Dessokleedje.
'Onschuldig. Mijn zoon Cornelis is onschuldig. Hij had die slet van een griet nooit tegen het lijf moeten lopen. Ze werd zijn ondergang.'
De Cock trok zijn gezicht in een ernstige plooi.

'Uw zoon heeft altijd ontkend.'
De oude mevrouw Houtman knikte heftig.
'De rechter wilde hem niet geloven. Ik heb vanmorgen in de krant gelezen dat ze hem hebben vermoord.' Ze snoof verachtelijk. 'Het moest er eens van komen.'
De Cock leunde met zijn ellebogen op de tafel.
'Waar is uw zoon nu?'
'Naar België... naar Gent.'
De Cock kon zijn verbazing niet onderdrukken.
'Naar Gent?' riep hij verrast.
Mevrouw Houtman knikte.
'Een oude vriend bezoeken.'

# 7

Ze liepen vanaf de mooie Bloemgracht via de Prinsengracht naar de Raadhuisstraat. Het begon weer te regenen. De Cock trok de kraag van zijn regenjas omhoog en schoof zijn oude hoedje iets naar voren. De oude rechercheur hield van het herfstige weer met regenbuien, felle winden en opgejaagde bladeren. Het maakte in hem een prettig gevoel van weerbaarheid en strijdlust los.
Achter het Koninklijk Paleis om sjokten ze door de Mozes en Aäronstraat aan de Nieuwe Kerk voorbij naar de Dam.
Vledder ademde diep.
'Het is toch opvallend,' verzuchtte hij, 'dat ons spoor steeds weer naar Gent wijst. Je zou dit bijna een Belgische zaak kunnen noemen.'
De Cock reageerde niet. Het raderwerk van zijn denken draaide op volle toeren.
'Op zoek,' sprak hij zacht mijmerend, 'naar een oude vriend, die hij, volgens moeder Houtman, in de bajes had ontmoet... Jos van Geesteren?'
Vledder keek hem van opzij verrast aan.
'De Stierennek.'
De Cock knikte.
'Het is goed mogelijk dat Cornelis Houtman die Jos van Geesteren, alias de Stierennek, in de bajes heeft leren kennen.'
'En dat die twee na de kennismaking tot de ontdekking zijn gekomen dat zij beiden hetzelfde verlangden... de dood van rechter De Mirabello.'
De Cock grijnsde.
'Compagnons in moord.'
'Het is zeker niet de eerste keer dat in de bajes een moord wordt beraamd. De meeste delinquenten leren daar pas goed misdadig te zijn.'
De Cock knikte instemmend.
'Het is een oud gegeven... de beste leerschool voor de misdaad is de gevangenis. Het is jammer dat wij voor ernstige misdrijven geen alternatief hebben.'
'De doodstraf?'

De Cock keek hem verwijtend aan.
'Laat niemand je horen.'
De oude rechercheur versnelde plotseling zijn pas. Vledder haalde hem lachend in.
'Haast?'
De Cock knikte.
'We bellen straks aan de Kit de Penitentiaire Inrichtingen Overamstel.'
Vledder trok zijn neus op.
'We bellen wat?'
De Cock lachte.
'Penitentiaire Inrichtingen Overamstel... dat is de zondagse naam voor de Bijlmerbajes.'
'Wat wil je van de Bijlmerbajes?' vroeg Vledder.
'Informeren of Jos van Geesteren daar gelijk met Cornelis Houtman zijn straf uitzat.'
'En als dat zo is?'
'Dan krijgen we het morgen druk in Gent.'
'Hoezo?'
De Cock gebaarde voor zich uit.
'Ze zullen in de Bijlmerbajes het adres van Jos van Geesteren in Gent wel kennen. Daar gaan we in ieder geval heen.'
Vledder knikte.
'Dat begrijp ik.'
'Ik ben erg benieuwd naar het verhaal van onze Stierennek.'
'En als we die twee daar bij toeval gezamenlijk aantreffen?'
De Cock blies een regendruppel van zijn neus.
'Dan gaat mijn professionele belangstelling ook uit naar het alibi van zijn dreigbrieven schrijvende bajesgenoot Cornelis Houtman.'
Toen de rechercheurs de hal van het politiebureau aan de Warmoesstraat binnenstapten, wenkte Jan Kusters hen van achter de balie.
De Cock liep grijnzend op hem toe.
'Ga je mij blij vertellen dat ik ben bevorderd?' vroeg hij spottend.
De wachtcommandant grinnikte.
'Dat zit er voor jou niet in. Zolang jij ruzie blijft maken met de commissaris kun je een verhoging van rang wel vergeten.'

De Cock lachte.
'Ik prefereer de ruzies.'
Jan Kusters wees omhoog.
'Er zit boven een man op je te wachten.'
De Cock trok zijn wenkbrauwen op.
'Wat voor een man?'
De wachtcommandant raadpleegde een notitie.
'Ene Lucas van Waveren van de gerechtelijke politie uit Gent.'
'Wat komt die doen?'
Jan Kusters haalde zijn schouders op.
'Hij vroeg wie van ons de moord op rechter De Mirabello behandelde. Toen ik jouw naam noemde begon hij te glunderen en vroeg: De Cock met... eh, met ceeooceekaa?'
De wachtcommandant keek hem lachend aan.
'Ze schijnen jou in België ook al te kennen.'
Op het gezicht van De Cock verscheen een brede grijns.
'Ik kan er niets aan doen. Zonder het echt te willen, ben ik tot over de grenzen berucht geworden.'
'Wees er blij mee.'
De Cock reageerde niet. Hij draaide zich om en liep de stenen trappen op naar de tweede etage.
Vledder volgde.
Op de brede bank bij de deur naar de grote recherchekamer zat een stevig gebouwde man in een lichtbruine trenchcoat met grote schouderflappen. Toen hij De Cock in het oog kreeg kwam hij kwiek overeind en liep met uitgestoken hand op hem toe.
'De grote meester,' jubelde hij. 'Ik heb altijd gehoopt u eens te ontmoeten en toen de wachtcommandant beneden zei dat u de zaak behandelde, was ik aangenaam verrast.'
De Cock drukte de hem toegestoken hand en keek in een knap ovaal gezicht, waarin een paar lichtgroene ogen vrolijk twinkelden. De oude rechercheur schatte de man op achter in de dertig. Zijn donkere haardos toonde al diepe inhammen.
'Lucas van Waveren?' vroeg hij terughoudend.
De man knikte.
'Van de gerechtelijke politie in Gent,' sprak hij met een licht accent.
'Verrassend.'

'Wat bedoelt u?'
De Cock glimlachte.
'Een man van de gerechtelijke politie van Gent in een Amsterdams politiebureau.'
Lucas van Waveren schudde zijn hoofd.
'Niet verrassend. Toen ik van de moord op rechter De Mirabello hoorde, ben ik onmiddellijk in mijn auto gestapt en naar Amsterdam gereden.'
De Cock vroeg niet verder. Hij liep aan de man voorbij en ging hem voor naar de grote recherchekamer. Daar liet hij hem op de stoel naast zijn bureau plaatsnemen. Met een korte polsbeweging wierp hij zijn oude hoedje missend naar de kapstok. Daarna deed hij zijn regenjas uit en pakte zijn hoedje van de vloer. Traag slenterend liep hij van de kapstok terug naar zijn bureau en ging zitten. Hij keek Lucas van Waveren nog rustig eens schattend aan en schonk hem toen een milde glimlach.
'Mijn jonge collega Vledder en ik,' opende hij, 'hebben het plan opgevat om morgen naar Gent te reizen... als toeristen.'
Lucas van Waveren reageerde verrukt.
'Een prachtige stad en ook... al vanaf de vroegste tijd... een onstuimige stad, altijd bereid om voor haar onafhankelijkheid te vechten. U zult morgen genieten van haar schoonheid. Kijk goed uit. Amsterdam heeft haar bekoringen, maar Gent...'
Hij stokte. Zijn gezicht versomberde.
'Hebt u de zaak van rechter De Mirabello dan al geklaard?' vroeg hij verward.
De Cock schudde zijn hoofd.
'We hebben nog maar weinig vorderingen gemaakt,' antwoordde hij mat. 'We weten zelfs nog niet precies op welke wijze rechter De Mirabello om het leven werd gebracht. We vermoeden vergiftiging met de stof atropine, maar van het Laboratorium voor Gerechtelijke Pathologie in Rijswijk hebben wij daarover nog steeds geen uitsluitsel.'
Lucas van Waveren verschoof op zijn stoel.
'Als ik u op een of andere manier bij uw onderzoek van dienst kan zijn, dan kunt u gerust...'
De Cock onderbrak hem. 'Vanwaar uw belangstelling voor die moord?' vroeg hij vriendelijk.
Lucas van Waveren knoopte zijn regenjas los.

'In Gent was ik verantwoordelijk voor het welzijn van de rechter.'
De Cock kneep zijn ogen halfdicht.
'U was verantwoordelijk voor zijn welzijn?'
'Inderdaad.'
'Dat begrijp ik niet.'
Lucas van Waveren glimlachte.
'Wanneer de heren rechters uit diverse landen in Gent over de toekomst vergaderden,' legde hij geduldig uit, 'was ik belast met hun bewaking.'
'Alleen?'
Lucas van Waveren schudde zijn hoofd.
'Uiteraard met meerdere dienaren van de gerechtelijke politie in Gent, maar ik had de leiding en droeg de verantwoording.'
De Cock knikte begrijpend.
'Tot hoever reikte uw bewaking?'
'Tot de plek waar de rechters vergaderden... het Justitiepaleis.'
'Verder niet?'
Lucas van Waveren schudde zijn hoofd.
'Dat is ook niet mogelijk. De rechters gaan en komen uit alle windstreken. Het is ondoenlijk om alle rechters op hun tochten heen en terug te begeleiden. Dat zou te veel mankracht vergen.'
De Cock keek hem nadenkend aan.
'In dat Justitiepaleis in Gent, komt daar ook het Hof van Assisen bijeen?'
Lucas van Waveren knikte.
'Zo nu en dan. Er wordt niet zo vaak meer een beroep op het Hof van Assisen gedaan.'
'Uw ambtelijke belangstelling in Gent gold niet uitsluitend rechter De Mirabello?'
'Aanvankelijk niet,' sprak de Vlaamse politieman na enige aarzeling. 'Maar de laatste tijd kreeg rechter De Mirabello in Gent van mij wel speciale aandacht.'
De Cock keek hem niet-begrijpend aan.
'Waarom... vormde hij een uitzondering?'
'Er waren bij onze dienst... de gerechtelijke politie in Gent... berichten binnengekomen dat voor het leven van rechter De Mirabello werd gevreesd. Er zouden mensen zijn die in het geheim het plan hadden opgevat om de rechter te vermoorden.'

De Cock reageerde verrast.
'Van wie waren die berichten afkomstig?'
'Van een van uw superieuren.'
De Cock trok een vies gezicht.
'Een van mijn superieuren?'
Lucas van Waveren knikte.
'Een officier van justitie in Amsterdam... meester De Goes.'

Vledder liet zich met een plof in zijn stoel achter zijn bureau zakken.
'Die man van de gerechtelijke politie wilde vanavond niet meer terug naar Gent. Ik heb hem naar onze soos aan de Voorburgstraat verwezen. Daar kan hij op vertoon van zijn legitimatiebewijs goedkoop overnachten.'
De Cock trok zijn schouders op.
'Ik begrijp toch niet wat Lucas van Waveren hier komt doen.'
'Misschien voelt hij zich een beetje schuldig.'
'Aan de dood van rechter De Mirabello?'
Vledder knikte.
'Hij wist dat zijn leven gevaar liep en wanneer zo'n man ondanks jouw aandacht toch wordt vermoord, dan kan dat een gevoel van wroeging geven.'
De jonge rechercheur keek hem onzeker aan.
'Ben je het niet met mij eens?'
De Cock glimlachte.
'Ik had zo'n begripvolle opmerking van jou niet verwacht. Je begint naar mijn gevoel steeds menselijker te worden.'
De grijze speurder trok een denkrimpel in zijn voorhoofd.
'Heb je nog met de Bijlmerbajes gebeld?'
'Ja.'
'En?'
'Cornelis Houtman en Jos van Geesteren verbleven er beiden gelijktijdig. Ook Utrechtse Bertus zat daar in die tijd zijn straf uit.'
'Dat klopt dus.'
Vledder knikte. 'En het was de directie van de Bijlmerbajes ook bekend dat Cornelis Houtman en Jos van Geesteren plannen beraamden om rechter De Mirabello te vermoorden.'
De Cock boog zich met een ruk naar voren.

'Dat was bekend?' In zijn stem trilde ongeloof.
Vledder knikte opnieuw.
'Cornelis Houtman en Jos van Geesteren deden daar niet geheimzinnig over. Het gerucht van hun plannen ging door de gehele gevangenispopulatie en bereikte uiteindelijk de directie.'
'En wat deed die ermee?'
Vledder grijnsde.
'Die berichtte de officier van justitie die de strafzaak tegen beiden had behandeld... meester De Goes.'
Het leek of De Cock ontplofte. Zijn gezicht werd rood en zijn ogen schoten vuur.
'Meester De Goes?' herhaalde hij ontzet.
'Ja... meester De Goes.'
'Is die vent van de ratten besnuffeld?' brulde De Cock verontwaardigd. 'Komt hier een verhaaltje vertellen waarin hij zijn ex-vrouw min of meer van moord op haar vader beschuldigt... verzwijgt dat hij nog wel degelijk met diezelfde vrouw is getrouwd... en rept met geen woord over de moordplannen in de Bijlmerbajes.'
De oude rechercheur stond op en slenterde naar de kapstok.
Vledder kwam hem na.
'Waar wil je heen?'
De Cock draaide zich half om.
'Naar Blaricum... naar De Goes.'
Vledder blikte op zijn horloge.
'Nu nog?'
De Cock knikte nadrukkelijk.
'Die meneer de officier van justitie zal mij toch een overtuigende verklaring voor zijn handelen moeten geven, anders...'
'Anders wat?'
'Anders schop ik een rel die zoveel stof zal doen opwaaien, dat zelfs minister Lastensjouwer het niet van tafel kan vegen.'

Ze reden in hun Golf de gladde houten steiger achter het politiebureau af. Vledder zette de ruitenwissers in de tweede versnelling en De Cock zakte onderuit. De oude rechercheur had de smoor in. Het was niet de eerste keer dat hij met het hautaine en vaak wereldvreemde gedrag van officieren van justitie werd geconfronteerd.

Vledder keek van terzijde op hem neer.
'We hadden hem toch ook thuis kunnen bellen?'
De Cock schudde zijn hoofd.
'Ik wil zijn gezicht zien,' bromde hij. 'Zijn reacties peilen als ik hem vragen stel.'
'Welke vragen?'
'Waarom liegt die vent over zijn huwelijk met Louise de Mirabello en waarom moeten wij er via een omweg achterkomen dat er in de Bijlmerbajes plannen werden beraamd om de rechter te vermoorden?'
Vledder knikte traag.
'Dat is op z'n minst merkwaardig.'
De Cock kwam met een ruk omhoog.
'Merkwaardig?' brieste hij woedend. 'Merkwaardig? Dat is... dat is onbehoorlijk, bijna misdadig. Ik kan voor het gedrag van die vent niets anders bedenken. Het rommelt al jaren tussen politie en justitie. En dit soort zaken doen aan de verhoudingen geen goed.'
Vledder maakte een hulpeloos gebaar.
'Misschien dacht meester De Goes dat rechter De Mirabello alleen tijdens de besprekingen gevaar liep. Daarom stelde hij alleen de gerechtelijke politie in Gent van de moordplannen op de hoogte.'
'Onzin,' zei De Cock, 'de moordplannen werden in de Bijlmerbajes beraamd. Dat is hem door de gevangenisdirectie verteld. Als meester De Goes ons toen had ingelicht, dan hadden wij Jos van Geesteren en Cornelis Houtman kunnen benaderen... zeggen dat wij op de hoogte waren van hun sinistere plannetjes en...'
Vledder onderbrak knikkend.
'... had rechter De Mirabello vermoedelijk nu nog geleefd.'
De Cock gromde
'Precies. Jos van Geesteren en Cornelis Houtman zouden dan niet tot hun daad zijn gekomen. In feite heeft meester De Goes de dood van rechter De Mirabello op zijn geweten.'
Zwijgend reden ze verder. Ieder verzonken in zijn eigen gedachten. Na enige tijd verlieten ze met hun Golf de drukke snelweg A1 en reden het lieflijke Blaricum binnen. De Cock keek opzij. 'Weet je waar we moeten zijn?'

Vledder wees naar het dashboardkastje.
'Daar ligt een notitie met zijn adres.'
De Cock deed het dashboardkastje open en nam er de notitie uit.
'Schapendrift,' las hij hardop, 'zeventien.'

Vledder parkeerde de Golf aan de rand van de weg. De rechercheurs stapten uit. Het was aardedonker in de laan en de regen viel bij stromen uit de hemel. De kaal gewaaide bomen gaven geen enkele beschutting. De Cock huiverde en voelde hoe zijn oude regenjas lekte in zijn hals.
Bij Schapendrift 17 sjokten de rechercheurs over de oprijlaan naar een fraaie bungalow. Het grove grind knerpte onder hun voeten.
'Voor een simpele officier van justitie,' gniffelde Vledder, 'bewoont die meester De Goes een aardig stulpje.'
De Cock reageerde niet. De gevoelige antenne van zijn intuïtie ontving vreemde signalen. Het stoorde zijn denken.
Links van de voordeur brandde licht in de erker. Pal voor de bruingelakte toegangsdeur stopte de grijze speurder en blikte om zich heen. Tot zijn verbazing stond de deur op een kier. Met zijn knie drukte De Cock de deur verder open.
Vledder hijgde in zijn nek.
'Waarom bel je niet?'
De Cock gaf geen antwoord.
Vanuit de hal koos hij links een deur naar de verlichte erker. Met ingehouden adem keek hij rond. Buiten de erker lag het vertrek in een halfduister. Schuifelend, op alles voorbereid, liep De Cock verder de kamer in. Plotseling bleef hij staan. Opzij van een ronde houten tafel, waarop een kristallen wijnglas stond, lag op een wit, hoogpolig berbertapijt het lichaam van een man. Hij lag op zijn rug, zijn voeten iets gespreid, zijn open ogen starend naar het plafond.
De Cock pakte zijn zaklantaarn uit de steekzak van zijn regenjas, hurkte bij de man neer en scheen in de verwijde pupillen. Er was geen reactie.
Vledder hurkte naast hem.
'Meester De Goes,' lispelde hij.
De Cock knikte. Zijn gezicht stond strak.
'Met een strop om zijn nek.'

# 8

De Cock monsterde de strop om de nek van meester De Goes. De glijknopen waren vrijwel identiek aan die van de strop om de nek van rechter De Mirabello. Ook de lengte, dikte en de structuur van het touw waren hetzelfde.
Vledder kwam omhoog.
'Hetzelfde staaltje van huisvlijt?' vroeg hij met een licht sarcasme.
De Cock knikte.
'Ik vraag mij af,' sprak hij somber, 'hoeveel van die sinistere stroppen de moordenaar nog in voorraad heeft?'
Vledder grinnikte.
'Een dozijn?'
De Cock reageerde niet direct. Hij wierp nog een blik in het gelaat van de dode en kwam toen met een ruk uit zijn gehurkte houding overeind. Zijn oude knieën kraakten. Van opzij keek hij zijn jonge collega bestraffend aan.
'Ik kan jouw dozijn-grapje niet waarderen,' sprak hij hoofdschuddend.
Vledder toonde verwondering.
'Het kan toch?' antwoordde hij verontschuldigend. 'We hebben wel eens meer met iemand te maken gehad die twaalf moorden op zijn geweten had.'*
De Cock zuchtte.
'Ik moet er niet aan denken dat ons nog tien van dergelijke moorden te wachten staan.'
Vledder grijnsde.
'Sinds ik met jou samenwerk, verwonder ik mij nergens meer over.'
De Cock wuifde het onderwerp weg.
'Ik moet je eerlijk zeggen dat deze moord mij volkomen verrast. Ik heb al weer spijt van de gevoelens die ik had toen ik hierheen ging.'
Vledder gniffelde.
'Je zou hem eens goed de waarheid vertellen.'

* Zie: *De Cock en de naakte juffer*

De Cock knikte.
'Een donderspeech, waarin ik zou duidelijk maken hoe ik over hem en de justitie dacht.'
Vledder keek hem aan.
'Bewaar je speech voor een volgende gelegenheid. We zullen in de toekomst wel eens meer met de justitie botsen.'
De oude rechercheur reageerde niet. Hij keek om zich heen, zocht naar dissonanten in het decor. Die waren er niet. Maar de smaak van de heer officier van justitie kon de grijze speurder niet waarderen. Het vertrek toonde een bonte mengeling van meubelstijlen die niet bij elkaar pasten.
Vledder zwaaide om zich heen.
'Het lijkt wel een uitdragerij.'
De Cock verzonk in gepeins.
'De buitendeur toonde geen sporen van braak,' overdacht hij hardop. Hij wees naar Vledder. 'Loop voor alle zekerheid straks even om de bungalow heen. Let op eventuele braak- en voetsporen.'
De oude rechercheur schudde toen zijn hoofd.
'Die zullen er vermoedelijk niet zijn. Volgens mij heeft meester De Goes zijn moordenaar niets vermoedend binnen gelaten.'
'Een bekende van hem?'
'Mogelijk. In ieder geval was het iemand van wie hij geen kwaad verwachtte.'
Vledder wees op het wijnglas op de ronde houten tafel.
'Wat doen we daarmee? Aan het glas kleven nog resten van een rode vloeistof.'
De Cock kneep zijn lippen op elkaar.
'Vermoedelijk rode wijn vermengd met atropine,' sprak hij bitter.
Vledder wees naar de dode op het tapijt.
'Ook vergiftigd?'
'Vrijwel zeker,' antwoordde De Cock kort. 'Let maar op zijn pupillen. Buitensporig groot. Deze moord is volkomen gelijk aan de moord op rechter De Mirabello. Dezelfde modus operandi.'
'Dezelfde moordenaar?'
'Absoluut.'
'Nemen we het in beslag?'
'Wat?'
'Dat wijnglas.'

De Cock schudde zijn hoofd.
'We blijven overal vanaf. Blaricum behoort niet tot ons ressort en ik wil niet door competentieperikelen in moeilijkheden geraken. We schakelen onze collega's van de regio Gooi en Vechtstreek in en leggen hun uit hoe we hier gekomen zijn... en waarom.'
Vledder keek hem onderzoekend aan.
'Vertellen we hun ook alles over onze bevindingen inzake de moord op rechter De Mirabello?'
De Cock knikte.
'Uiteraard.'
Vledder fronste zijn wenkbrauwen.
'Ook dat deze moord op Hugo de Goes vermoedelijk is gepleegd door Louise de Mirabello?'
De Cock keek hem verrast aan.
'Hoe... eh, hoe kom je daarbij?' stotterde hij onthutst.
Vledder maakte een nonchalant gebaar.
'Niet zo moeilijk,' antwoordde Vledder achteloos. 'Je hebt zelf gezegd dat meester De Goes zijn moordenaar vermoedelijk zelf heeft binnengelaten. Louise de Mirabello en hij waren, zo weten wij, nog steeds in gemeenschap van goederen getrouwd. Ik neem niet aan dat de heer officier van justitie zijn wettige vrouw buiten de deur van hun beider bungalow laat staan.'
De jonge rechercheur zweeg even en wees opnieuw naar de dode op het tapijt.
'Volgens deze Hugo de Goes,' ging hij verder, 'had Louise de Mirabello een reden om haar vader om zeep te helpen... ze aasde op zijn vermogen. Wel, ik ben ervan overtuigd dat Louise de Mirabello ook een motief had voor de moord op deze Hugo de Goes... ze behoeft nu niets meer met hem te delen.'
Vledder grinnikte.
'Bovendien is ze van dat gekijf via advocaten verlost... is ze zonder gezeur nu echt van hem af.'
De Cock krabde zich achter in zijn nek.
'Zo hoort het ook,' sprak hij cynisch, 'tot de dood ons scheidt.'
Ze reden met hun Golf uit Blaricum weg. Het regende niet meer. Zo nu en dan kwam een bijna volle maan even lachend van achter een donkere wolk te voorschijn en zette het landschap in een zilveren gloed. Betoverend mooi.

De Cock blikte om zich heen. Voor het late uur was het nog vrij druk op de A1.
Hij boog zich naar Vledder
'Heb je onze vrienden van de regio Gooi en Vechtstreek goed geïnstrueerd?'
Zijn jonge collega knikte.
'Ik had die twee collega's van ons wel eens eerder ontmoet. Ik weet alleen niet meer in welke zaak. Maar het zijn bekwame rechercheurs. Ik heb ze erop gewezen dat de mensen van het laboratorium in Rijswijk blij zullen zijn met het wijnglas. Het gif zal voor hen uit de wijnresten gemakkelijker aantoonbaar zijn dan uit lijkdelen van rechter De Mirabello.'
De Cock knikte instemmend.
'Heb je hun verteld dat jij Louise de Mirabello, de dochter van de rechter en vrouw van meester De Goes een redelijke verdachte vindt?'
Vledder trok een pijnlijk gezicht.
'Let wel,' sprak hij met enige aarzeling, 'ik vind mijn theorie ijzersterk en ik sta er ook volkomen achter, maar ik acht het behoorlijker dat wij Louise de Mirabello als verdachte verhoren, dan dat onze collega's van de regio Gooi en Vechtstreek dat doen. Wij hebben al een paar maal contact met haar gehad.'
De Cock reageerde niet direct. Eerst na een poosje vroeg hij:
'Waren onze collega's blij met de zaak?'
Vledder lachte.
'Die indruk had ik niet. Ze zagen er beiden tegenop. Vooral omdat het slachtoffer een officier van justitie is. Dat geeft extra publiciteit, aandacht en druk van bovenaf. Ik geloof dat ze liever hadden gezien dat wij de zaak erbij hadden genomen.'
De Cock trok zijn schouders.
'Als hun superieuren er geen bezwaar tegen hebben? Het blijft mij om het even. Ik zie de beide moorden toch als een geheel. Ook de moord op Hugo de Goes zal ik bij mijn onderzoek betrekken.'
Vledder keek even opzij.
'Ze vonden het vreemd dat jij in de Golf bleef zitten terwijl ik met hen sprak.'
'En?'
Vledder glimlachte.

'Ik heb hun gezegd dat jij een dergelijke klus altijd aan mij overliet.'
Een tijdlang reden ze zwijgend voort. In de nabijheid van Amsterdam werd het verkeer op de A1 nog intensiever.
De Cock drukte zich omhoog.
'Heb jij over die stroppen om de nekken van de slachtoffers nagedacht?'
Vledder zuchtte diep.
'Daar zal Louise de Mirabello ons een verklaring voor moeten geven.'
De Cock streek met zijn pink over de rug van zijn neus.
'Ik vraag mij af,' sprak hij peinzend, 'of ze dat kan.'

De volgende morgen stapte De Cock opgewekt en gladgeschoren de grote recherchekamer in de Warmoesstraat binnen. Een korte, maar gezonde nachtrust had zijn geest verkwikt en een opdoemende loomheid uit zijn botten verdreven. Ondanks de warme chocolademelk, die van binnen weldadig gloeide, had hij aanvankelijk de slaap niet kunnen vatten. De dood van een rechter en een officier van justitie was een combinatie die hij in zijn lange loopbaan bij de recherche nog niet eerder was tegengekomen. Stromen van mogelijkheden en motieven vloeiden door zijn hoofd, zochten naar een aanvaardbare bedding, maar na een kwartiertje had hij het opgegeven... alles uit zijn gedachten gedrukt en was ontspannen weggedommeld in het ritme van het melodisch gesnurk van zijn vrouw naast hem.
Hij wierp zijn oude hoedje naar de kapstok en miste de haak op meer dan een halve meter. Lachend om zijn mislukking raapte hij zijn trouwe hoofddeksel van de vloer, hing het ordelijk op en liep met zijn regenjas nog aan naar Vledder.
'Ik dacht dat jij vandaag naar Gent wilde?'
De Cock knikte.
'Dat was ik ook van plan. Misschien morgen. De moord op Hugo de Goes in Blaricum heeft mij op andere gedachten gebracht.'
Vledder grijnsde.
'Toen jij er vanmorgen om tien uur nog niet was,' sprak hij spottend, 'begreep ik dat.'
De Cock keek op zijn horloge.

'Is het al zo laat?'
Vledder knikte.
'Commissaris Buitendam stond om negen uur al naast mijn bureau om mij te vertellen dat er een officier van justitie was vermoord.'
'En?'
'Hij was ervan onder de indruk. Officieren van justitie vermoordt men niet.'
De Cock keek hem onderzoekend aan.
'Heb je hem verteld dat wij...'
Vledder schudde zijn hoofd.
'Als hij er zelf achterkomt is dat vroeg genoeg.' De jonge rechercheur wees naar een notitie op zijn bureau.
'Het is atropine.'
'Heb je bericht gekregen?'
Vledder knikte.
'Ruim een kwartier geleden hebben ze van het gerechtelijk laboratorium in Rijswijk gebeld.'
De Cock tuitte zijn lippen.
'Zijn ze er toch snel uitgekomen.'
'Het officiële rapport van het toxicologisch onderzoek volgt over enkele dagen.'
'Bijzonderheden?'
'De laborant die mij belde, meende dat het synthetisch bereide atropine was. Atropine zoals die in de geneeskunde wordt gebruikt. Maar zekerheid daarover had hij nog niet.'
De Cock liet zich in zijn stoel achter zijn bureau zakken.
'Misschien dat het onderzoek van de resten in het wijnglas van De Goes daarover uitsluitsel biedt.'
'Is het voor ons belangrijk?'
De Cock knikte vaag.
'De vraag is: hoe komt de moordenaar aan het gif? Heeft hij het zelf bereid door de bessen van de wolfskers uit te persen of heeft hij uit een of ander ziekenhuis een paar ampullen van dat spul ontvreemd?'
'Dat merkt men toch?'
De Cock trok een bedenkelijk gezicht.
'De boekhouding in de ziekenhuizen is niet altijd even zorgvuldig en sluitend. Bovendien kan de moordenaar in de farmaceu-

tische industrie werkzaam zijn... of zijn geweest. Er zijn vele mogelijkheden om aan dat gif te komen.'
'Hebben we er wat aan... voor ons onderzoek... of het synthetisch is of niet?'
De Cock glimlachte.
'We kunnen moeilijk bij mensen in de tuin gaan kijken of ze familie van de nachtschade hebben geplant met het doel om iemand te vergiftigen. Misschien dat we het later kunnen gebruiken als aanvullend bewijs... wanneer wij de moordenaar eenmaal hebben ontmaskerd.'
'Zover zijn we nog niet,' zei Vledder snuivend.
De Cock keek hem aan.
'Ik dacht dat jij zo zeker van je zaak was?'
'Je bedoelt Louise de Mirabello?'
'Ja.'
Vledder stak zijn kin iets omhoog.
'Ik stel voor om per telex haar opsporing en aanhouding en voorgeleiding te verzoeken.'
De Cock keek hem verrast aan.
'Haar opsporing?' vroeg hij onzeker.
Vledder knikte.
'Ze is verdwenen.'
'Wat?'
'Ik wilde haar voor vanmiddag ontbieden voor een nader verhoor.'
'En?'
'Louise de Mirabello is weg. Ze heeft haar huis aan de Herengracht verlaten. Zelfs haar boezemvriendin van de Zuidelijke Wandelweg weet niet waar ze is.'

De telefoon op het bureau van De Cock rinkelde. Vledder nam de hoorn op en luisterde.
'Goed,' zei hij na enkele seconden, 'laat hem maar komen.'
De Cock keek hem vragend aan.
'Wie was dat?'
Vledder wees naar de vloer.
'De wachtcommandant. Beneden voor de balie staat Cornelis Houtman. Hij wil ons spreken.'
De Cock fronste zijn wenkbrauwen.

'Ik dacht dat hij in België zat... in Gent?'
Vledder reageerde niet.
De deur van de grote recherchekamer ging open en in de deuropening verscheen een lange, magere man met een wat verwilderde haardos. Hij was gekleed in een groene spijkerbroek en een bruin lederen jack met een gebreide kraag. De Cock schatte de man op achter in de dertig.
In een slepende tred liep hij op de grijze speurder toe.
Voor zijn bureau bleef hij staan en blikte van De Cock naar Vledder en terug.
'Waren jullie,' vroeg hij op een dreigende toon, 'gisteravond op de Bloemgracht bij mijn oude moeder?'
De Cock knikte.
'Dat waren wij.' Hij wees naar de stoel naast zijn bureau. 'Ga zitten.'
Cornelis Houtman nam onwillig plaats.
'Wat moesten jullie van mij?'
De Cock negeerde de vraag.
'Wat deed u in Gent?'
'Een borrel drinken met een oude vriend.'
'Jos van Geesteren?'
Cornelis Houtman kneep zijn ogen halfdicht.
'Is daar wat op tegen?'
De Cock negeerde de vraag.
'Dronken jullie een borrel op de goede afloop?'
'Waarvan?'
'De moord op rechter De Mirabello.'
Cornelis Houtman keek hem misprijzend aan.
'Jos en ik hebben met de moord op rechter De Mirabello niets te maken.'
De Cock plukte aan het puntje van zijn neus.
*'Ik word jouw beul... hang met genoegen een strop om je vieze vette nek.'* De oude rechercheur glimlachte vriendelijk. 'Komt die tekst jou bekend voor?'
Cornelis Houtman keek hem onbevangen aan.
'Heb jij ze gevonden?'
De Cock deed een lade van zijn bureau open en nam daaruit het doorschijnende plastic zakje met brieven en hield het omhoog.
'Met jouw vingerafdrukken.'

Cornelis Houtman glimlachte.
'Jos van Geesteren smokkelde ze via zijn vrouw uit de bajes. Ze deed ze in Gent op de post. Dat vonden Jos en ik leuk. Aan vingerafdrukken heb ik nooit gedacht.'
De Cock keek hem strak aan.
'Ben je zijn beul geworden?'
Cornelis Houtman schudde zijn hoofd.
'Het zegt niets. Ik schreef die brieven kort nadat ik door die aap onschuldig was veroordeeld. Ik had toen hem... en die geile officier van justitie... met genoegen koud gemaakt. Toen... toen had ik het kunnen doen.' Hij schudde opnieuw zijn hoofd. 'Nu niet meer. Jaren lik* maken je deemoedig.'
'Die... eh, die geile officier van justitie... was dat meester De Goes?'
Cornelis Houtman grinnikte.
'Pikkie De Goes.'
De Cock keek hem onderzoekend aan.
'Pikkie De Goes?' herhaalde hij verwonderd. 'Noemen jullie hem zo?'
Cornelis Houtman knikte.
'Pikkie De Goes. In de bajes kennen ze hem niet anders. Elke jongen van de penoze weet wie Pikkie De Goes is.'
'Hoe komt hij aan die bijnaam?'
Cornelis Houtman lachte.
'Hij belooft elke appetijtelijke vrouwelijke verdachte een milde straf... als ze met hem naar bed wil.'
Het gezicht van De Cock versomberde.
'We hebben meester De Goes vannacht in zijn woning in Blaricum dood aangetroffen... vermoord.'
Cornelis Houtman strekte zijn wijsvinger naar hem uit.
'Zal ik jou zijn moordenaar noemen?'
De Cock hield zijn hoofd iets schuin.
'Die ken jij?'
Cornelis Houtman knikte.
'Carmen Snowdonia.'
'Wie is dat?'
'Een bloedmooie meid, die aanvankelijk op zijn avances in-

* bargoens voor gevangenisstraf

ging. Toen ze later weigerde het bed met hem te delen, eiste hij tegen haar toch vele jaren lik. En rechter De Mirabello deed daar niets van af. Hij veroordeelde haar conform de eis.'
'Vies.'
Cornelis Houtman knikte.
'Carmen Snowdonia zwoer wraak.'
De Cock keek hem peinzend aan.
'Hoe weet je dat allemaal?'
Cornelis Houtman grinnikte.
'Het werd destijds een rel die zelfs de roddelbladen haalde.'
De Cock kauwde op zijn onderlip.
'Wat... eh, wat had die Carmen Snowdonia gedaan?'
Cornelis Houtman, die zich bewust was van de grote aandacht van De Cock, wachtte even en zei toen: 'Haar man vergiftigd.'

# 9

Vledder keek hem niet-begrijpend aan.
'Je liet hem gaan,' riep hij verschrikt.
De Cock knikte.
'Waarom zou ik hem vasthouden?'
Vledder gebaarde heftig.
'Je kunt iemand toch niet ongestraft dreigbrieven sturen?'
De Cock schudde zijn hoofd.
'Bedreiging met enig misdrijf tegen het leven is een ernstig strafbaar feit.'
'En?'
De Cock trok zijn schouders op.
'De man,' sprak hij plechtig, 'die in de brieven van Cornelis Houtman met de dood werd bedreigd, is schielijk naar het hiernamaals getogen.'
Vledder keek hem uitdagend aan.
'Heft dat de strafbaarheid op?'
'Dat niet. Maar rechter De Mirabello heeft in het verleden nooit aangifte van bedreiging gedaan. Hij vond het blijkbaar niet belangrijk genoeg.'
Vledder fronste zijn wenkbrauwen.
'We kunnen er toch met zijn dochter over praten? Misschien is Louise de Mirabello bereid om te verklaren dat haar vader zich wel degelijk door de brieven bedreigd voelde?'
De Cock grinnikte.
'Weet jij waar ze is?'
Vledder liet zijn hoofd zakken en zweeg. Eerst na een poosje keek hij op.
'Carmen Snowdonia... is dat die affaire waar Bram van Wielingen over sprak toen we de rechter tussen de rails vonden?'
De Cock maakte een hulpeloos gebaar.
'Mogelijk. In ieder geval zullen we er wat aan moeten doen. Daar kunnen we niet omheen. Informeer eens of ze inmiddels in vrijheid is gesteld of een proefverlof genoot... en misschien kun je erachter komen waar ze nu woont... verblijft.'
De oude rechercheur gniffelde.
'Ik verhoor graag bloedmooie meiden.'

Vledder keek hem schattend aan.
'Jij neemt die Carmen Snowdonia niet zo serieus?'
'Zo ik al zei...' sprak De Cock ernstig, 'je kunt zo'n gegeven niet terzijde leggen. Haat zit bij vrouwen vaak dieper dan bij mannen. Het is niet denkbeeldig dat Carmen Snowdonia uit wraak tot handelen is gekomen.'
Vledder grijnsde.
'Ze weet hoe men vergif moet toedienen.'
De Cock knikte.
'Vraag haar dossier eens op. Als zij bij het vergiftigen van haar man atropine heeft gebruikt, dan wordt het nog interessant.'
Het gezicht van Vledder betrok.
'Ik krijg toch een vieze smaak in mijn mond van die officier van justitie. Gore praktijken hield die man erop na.'
De Cock keek hem schuins aan.
'Gesteund door rechter De Mirabello?'
Vledder reageerde geschokt.
'Je zou er bang van worden om nog verder in deze zaak te wroeten. Wie weet wat wij over die twee nog te horen krijgen?'
De jonge rechercheur ademde diep.
'Weet je wat ik niet begrijp?'
'Nou?'
'Als de affaire Carmen Snowdonia destijds de roddelbladen heeft gehaald, waarom is er disciplinair nooit iets tegen Pikkie De Goes ondernomen?'
De Cock grijnsde.
'Mevrouw Lastensjouwer zal de officier van justitie wel in bescherming hebben genomen.'
'Kan dat?'
De Cock plukte aan zijn onderlip.
'Na de commissie Van Traa,' sprak hij somber, 'en de IRT-affaire denk ik dat bij politie en justitie alles mogelijk is.'
Met een dwarse denkrimpel in zijn voorhoofd keek Vledder naar hem op.
'Zou Louise de Mirabello hebben geweten wat haar man uitspookte?'
De Cock knikte nadrukkelijk.
'Vast. Als ze geen roddelbladen las, dan zal iemand het haar wel in het oor hebben gefluisterd.'

'Een motief voor moord?'
De Cock lachte.
'Ik dacht dat jij geen verdere motieven meer nodig had?'
Vledder trok zijn gezicht strak.
'Jij brengt mijn overtuiging niet aan het wankelen,' sprak hij hoofdschuddend. 'Louise de Mirabello vermoordde zowel haar man als haar vader.'
'Absoluut?'
Vledder perste zijn lippen op elkaar.
'Absoluut. Daarover bestaat bij mij geen enkele twijfel.'
De jonge rechercheur strekte zijn arm naar De Cock uit.
'Hoe zei je het ook weer? Haat zit bij vrouwen vaak veel dieper dan bij mannen.'
De grijze speurder reageerde niet. Hij stond van zijn stoel op en slenterde naar de kapstok. Vledder kwam hem na.
'Waar ga je heen?'
De Cock draaide zich half om.
'Over een vieze smaak gesproken... mijn keel dorst naar een cognackie.'

Caféhouder Lowietje, wegens zijn geringe borstomvang door de penoze in de rosse buurt meestal Smalle Lowietje genoemd, streek zijn handen eerst langs zijn morsig vest en stak De Cock toen hartelijk de hand toe.
'Zo, zo,' kirde hij opgewekt, 'was de weg naar mijn vermaarde etablissement nog te vinden? Ik heb jullie in dagen niet gezien.'
De Cock hees zich op een kruk.
'Je weet het,' verzuchtte hij gelaten, 'er is niets veranderd... de dienst gaat nog steeds voor het meisje... vandaar de naam dienstmeisje.'
Smalle Lowietje lachte vrolijk.
'Het wordt anders slecht dienen als je geen tijd meer krijgt voor een goed glas cognac.'
Hij dook aalglad onder de tapkast, pakte de fles fijne cognac Napoleon, die hij speciaal voor De Cock had gereserveerd en stak hem triomfantelijk omhoog.
'Hetzelfde recept?'
Zonder op antwoord te wachten, bedekte hij de bodem van drie diepbolle glazen, want Lowietje dronk er altijd eentje mee.

Ze namen de glazen op, warmden de cognac in de holte van hun handen, snoven en proefden met kleine teugjes. Het was een ernstige, ingetogen ceremonie, die de kleine caféhouder en de beide rechercheurs bij elk samenzijn opvoerden; devoot, als gold het een religieuze gebeurtenis.
De Cock vertoefde graag in het schemerig intieme lokaaltje op de hoek van de Oudezijds Achterburgwal en de Barndesteeg, waar opzichtige meisjes van de vlakte even kwamen rusten van hun vermoeiende dienstbaarheid aan Eros, de veeleisende.
De oude rechercheur had zo zijn vaste plaatsje achterin, vanwaar hij een goed zicht had over het gebeuren. Hij werd als politieman niet graag door plotseling oplaaiende emoties verrast. Het Walletjesvolk, zo wist hij, was van nature licht ontvlambaar.
Hoewel Smalle Lowietje in zijn veelbewogen leven bijna alles had gedaan wat God in milde wijsheid, en het Wetboek van Strafrecht in ambtelijke starheid, hadden verboden, beschouwde de grijze speurder hem als vriend. En dat was wederkerig. Het feit dat De Cock uitdrukkelijk het recht vertegenwoordigde, deed daar geen afbreuk aan.
De tengere caféhouder zette zijn glas neer en keek De Cock onderzoekend aan.
'Je ziet er wat droevig uit,' stelde hij vast.
De Cock knikte.
'En dat,' sprak hij vermoeid, 'is dan een juiste afspiegeling van mijn gemoed.'
Smalle Lowietje lachte. Zijn vrolijke muizensmoeltje kreeg vriendelijke trekken.
'Is het zo erg?'
De Cock staarde somber voor zich uit.
'Ik heb de laatste dagen als dienaar van het recht een paar fikse dreunen op mijn kanis gekregen.'
Smalle Lowietje grinnikte. 'Het werd tijd.'
'Tijd?' De Cock keek hem verwonderd aan.
Over het gezicht van Smalle Lowietje gleed een grijns.
'Jij deed altijd voorkomen of de rechtspleging in ons landje eerlijk en onkreukbaar was... of daar niets aan mankeerde.'
'En?'
'Ik weet wel beter.'

De Cock reageerde wat geprikkeld.
'Recht is mensenwerk. Het is niet anders. En aan mensen kleven fouten, dat besef ik, maar dat een opsporingsambtenaar bij uitnemendheid...'
De oude rechercheur stokte.
'Ken jij Pikkie De Goes?'
Smalle Lowietje knikte traag.
'Die officier van justitie, die ze gisteren in zijn woning in Blaricum hebben gemold.'
De tengere caféhouder snoof.
'Het valt mij mee dat men hem nog zo lang heeft laten leven.'
'Hoe bedoel je?'
Smalle Lowietje gebaarde om zich heen.
'Er zitten hier op de Wallen wel een paar meiden met een krachtige pooier, die nog iets met Pikkie De Goes hebben te verrekenen.'
De Cock kneep zijn ogen halfdicht.
'Hij kwam hier wel op de Wallen?'
Smalle Lowietje knikte nadrukkelijk.
'Als zo'n pooiertje wat had uitgespookt, dan kwam meneer de officier van justitie wel even bij zijn meid op bezoek om erover te praten.'
'Praten?'
Smalle Lowietje grinnikte.
'Als je begrijpt wat ik bedoel.'
De Cock nam nog een slok van zijn cognac.
'En rechter De Mirabello?'
Smalle Lowietje boog zich iets naar hem toe.
'Weet je hoe ze die twee noemden... rechter De Mirabello en meester De Goes?'
De Cock schudde zijn hoofd.
'Geen flauw idee.'
Smalle Lowietje gniffelde.
'Het Koppeltje van Barmhartigheid.'
De Cock fronste zijn wenkbrauwen.
'Het Koppeltje van Barmhartigheid?'
'Ja.'
'Waarom?'
De caféhouder plukte aan zijn neus.

'In ruil voor bewezen diensten eiste de officier van justitie uiterst milde straffen en rechter De Mirabello was dan zo vriendelijk en vaderlijk om daar nog iets van af te doen.'
'En dat was algemeen bekend?'
Smalle Lowietje knikte.
'Doe maar eens navraag in de buurt.'
'Het Koppeltje van Barmhartigheid,' sprak De Cock minachtend. 'Een kreupel stelletje rechtshandhavers.'
De oude rechercheur grinnikte vreugdeloos.
'En het is aan mij om hun moordenaar te vinden.'
Het klonk als een smartekreet.
Smalle Lowietje hield zijn hoofd iets schuin.
'Ben je nog niet genezen?'
De Cock schudde zijn hoofd. Zijn markante kop vervormde tot een stalen masker.
'Al is het puur mensenwerk,' sprak hij koppig. 'Ik blijf... ondanks dat smerige Koppeltje van Barmhartigheid... de duivel bezitte hun ziel... in eerlijk en onkreukbaar recht geloven.'
Smalle Lowietje keek de grijze speurder vertederd aan. Zijn vriendelijk muizensmoeltje glom van genegenheid.
'Zo ken ik je weer,' riep hij blij.
De tengere caféhouder boog zich ver naar hem toe.
'Ik zal je een hint geven,' fluisterde hij samenzweerderig. 'Ga eens praten met Haagse Krelis. Ze hebben hem vorige week nog een bom duiten geboden om dat barmhartige koppeltje koud te maken.'

Toen ze het intieme etablissement van Smalle Lowietje verlieten, was de avond reeds gevallen. De rechercheurs slenterden zij aan zij over de Achterburgwal in de richting van de Oude Kennissteeg. Een miezerige regen deed het asfalt glimmen. De bijna bladerloze bomen aan de wallenkant dropen en het seksbedrijf kwam langzaam op gang. Een gestaag groeiend leger van behoeftigen sjokte langs een lange rij van etages, waarin schaars geklede hoertjes in verhullend rood licht zoet lokkend en lonkend hun bekoorlijkheden uitstalden. Uit het café op de hoek van de Molensteeg dreunde muziek.
De Cock voelde de veerkracht in zijn botten terugkeren. Het debat met Smalle Lowietje had hem gesterkt. Het deed er niet toe

hoe rechter De Mirabello en meester De Goes tijdens hun leven hadden gehandeld. Het was zijn taak hun moordenaar te vinden. En die taak zou hij volbrengen. De milde cognac gloeide in zijn maag en een herboren overtuiging tintelde tot in de toppen van zijn vingers.

Vledder blikte opzij. 'Ken jij Haagse Krelis?'

De Cock knikte.

'Zijn zondagse naam is Cornelis Johannes de Vries. Geboren in Den Haag. Ik schat zo'n veertig, vijfenveertig jaar geleden. Ik heb hem eens gearresteerd voor een kraak bij een juwelier.'

'Staat hij bekend als een man die een opdracht tot moord aanneemt?'

De Cock schudde zijn hoofd.

'Niet dat ik weet. Volgens mij was Haagse Krelis in het geheel niet gewelddadig.'

Vledder keek hem peinzend aan.

'Hoe komt Smalle Lowietje er dan bij,' vroeg hij geprikkeld, 'dat die niet als gewelddadig bekend staande Haagse Krelis werd benaderd voor het plegen van een dubbele moord! Uit wiens koker komt dat?'

De Cock glimlachte.

'Als het voor mij ambtelijk niet strikt noodzakelijk was, heb ik Smalle Lowietje nooit gevraagd waar hij zijn inlichtingen vandaan had. Mijn ervaring is dat hij meestal goed is geïnformeerd en niet de intentie heeft om mij te belazeren.'

'Jij vertrouwt hem?'

'Absoluut.'

Bij de Oude Kennissteeg namen ze de brug naar het Oudekerksplein. Halverwege sloeg De Cock linksaf.

Vledder bleef staan.

'Waar ga je heen?'

De Cock wees voor zich uit. 'De Sint Annenstraat.'

Vledder liep hem na.

'Wat moet je in de Sint Annenstraat?' vroeg hij niet-begrijpend.

De Cock grijnsde.

'Daar woont Haagse Krelis.'

Cornelis Johannes de Vries keek De Cock verward aan.

'Wat kom je doen?' vroeg hij gejaagd. 'Ik heb al in jaren geen

kraak meer gepleegd.'
De Cock wees naar een bankstel bij het raam.
'Mogen we er bij gaan zitten?'
Haagse Krelis gebaarde voor zich uit.
'Neem plaats,' antwoordde hij onwillig.
De Cock liet zich in een fauteuil zakken en legde zijn hoedje naast zich op het kleed.
'Ik kom niet voor een kraak,' sprak hij hoofdschuddend. 'In die categorie heb ik niets tegen je.'
Haagse Krelis nam tegenover hem op de bank plaats en grijnsde. 'Ik heb het er niet erg op als de prinsemarij bij mij op visite komt.'
De Cock negeerde de opmerking. Hij blikte om zich heen, bezag de wanorde en de laag stof op het dressoir.
'Nog steeds niet getrouwd?'
Haagse Krelis schudde zijn hoofd.
'Wijven brengen alleen maar ellende.'
De Cock trok zijn schouders op.
'Ik ben al een eeuwigheid met hetzelfde meisje getrouwd en ik heb er nog geen dag spijt van.'
Haagse Krelis bromde.
'Goed getroffen.'
De Cock schonk hem zijn beminnelijkste glimlach.
'Ik... eh, ik doe een beroep op jouw openhartigheid.'
Haagse Krelis grinnikte.
'Daar is van alles mis mee.'
De Cock schudde zijn hoofd.
'Dat geloof ik niet. Vroeger bekende je vrij gemakkelijk. Als ik mij goed herinner, deed je daar nooit moeilijk over.'
De oude rechercheur pauzeerde even.
'Je zult,' ging hij verder, 'ongetwijfeld in de krant hebben gelezen dat rechter De Mirabello en meester De Goes vrij kort na elkaar zijn vermoord.'
Haagse Krelis knikte. 'Opgeruimd staat netjes. Die twee verdienden toch geen schoonheidsprijs.'
De Cock schoof naar het puntje van zijn fauteuil.
'Krelis... wat heb jij met die moorden te maken?'
Cornelis Johannes de Vries keek hem met grote ogen aan.

'Jij... eh, jij denkt,' stotterde hij, 'dat ik daarbij betrokken ben?'
De Cock knikte. Zijn gezicht stond strak.
'Hoeveel heeft het je opgebracht?'
Haagse Krelis zwaaide wild met beide armen.
'Man, je bent gek,' snauwde hij. 'Je weet niet goed wat je zegt.'
De Cock tuitte zijn lippen.
'Er wordt doorgaans niet aan mijn verstandelijke vermogens getwijfeld.'
De grijze speurder zweeg even en ademde diep.
'Ze boden jou vorige week een bom duiten om die twee van kant te maken.'
Haagse Krelis keek hem priemend aan.
'Wie heeft je dat verteld?'
De Cock lachte.
'De conducteur van lijn zeven,' antwoordde hij spottend. De grijze speurder schudde zijn hoofd.
'Ik ga jou toch niet vertellen waar ik mijn inlichtingen vandaan heb?'
Haagse Krelis schoof zijn onderlip naar voren.
'Je bent goed geïnformeerd.'
De Cock bracht zijn handen naar voren en drukte de vingertoppen tegen elkaar.
'Krelis,' sprak hij ernstig. 'Ik doe jou een voorstel. Als jij mij vertelt wie jou een bom duiten bood om de officier van justitie en de rechter te vermoorden, dan zal ik niets tegen jou ondernemen.'
Haagse Krelis keek hem achterdochtig aan.
'Kan jij iets tegen mij ondernemen?' vroeg hij onzeker. 'Ik ben op dat aanbod niet ingegaan.'
De Cock knikte.
'Toen jij wist dat iemand een huurmoordenaar zocht, had jij of de politie of de officier en de rechter persoonlijk moeten waarschuwen dat hun leven gevaar liep. Dat heb je niet gedaan.'
Haagse Krelis schudde zijn hoofd.
'Ik wist niet dat ik die verplichting had.'
De Cock maakte een hulpeloos gebaar.
'Ik kan er niets aan doen. Het staat in de wet. Men noemt dat een omissie-delict.'
'En daar kan ik straf voor krijgen?'

De Cock knikte.
'Die kans is er.'
Haagse Krelis liet zijn hoofd zakken.
'Ik zal je precies vertellen hoe het is gegaan,' sprak hij zuchtend. 'Jaren geleden werd ik verliefd op een knappe jonge vrouw. Ze was mooi, zo mooi dat mijn verstand werd beneveld. Maar wat ik ook deed of zei, ze moest mij niet. Ze trouwde een ander... een lulletje lampenkatoen. Dat huwelijk werd ook niets. Binnen een jaar had ze hem kapot gemaakt.'
Hij keek op.
'Vorige week kwam ze mij hier opzoeken. Plotseling. Ik wist niet eens dat ze vrij was. Ze was wel iets ouder geworden, maar nog steeds zo bloedmooi als uit mijn herinnering. Ineens vroeg ze of ik nog van haar hield. Ik raakte een beetje in de war. Ik had die vraag niet verwacht.'
De Cock keek hem aan.
'Je hebt "ja" gezegd?'
Haagse Krelis knikte.
'Toen vroeg ze zonder omwegen of ik uit liefde voor haar rechter De Mirabello en die officier van justitie, meester De Goes, wilde ombrengen. Er was volgens haar geen enkel gevaar bij. Zij zou alles regelen. En als beloning zou ze oprecht van mij gaan houden en de rest van haar leven bij mij blijven.'
'Een aanlokkelijk aanbod.'
Haagse Krelis schonk hem een meelijwekkend lachje.
'Voor mij niet. Ik zei: ik wil graag dat je bij mij blijft, maar ik ben geen moordenaar... en dat wil ik ook niet worden.'
Haagse Krelis zweeg even en staarde voor zich uit.
'Ze begon te janken,' ging hij verder, 'en bood mij al het geld dat ze in de jaren dat ze in de bajes zat, van haar uitkering had gespaard.'
De Cock schoof terug in zijn fauteuil. Hij wist genoeg.
'Ze was bloedmooi,' sprak hij zacht, 'en ze vermoordde haar man met vergif.'
Haagse Krelis knikte.
'Carmen Snowdonia.'

# 10

De Cock liet zich in de Golf behaaglijk onderuitzakken. Omdat een laaghangend zonnetje in zijn ogen prikte, schoof hij zijn oude hoedje tot op de rug van zijn neus.
'Hoe lang denk je erover te doen?'
'Goed twee uur. Als er files zijn... misschien iets langer.'
'Heb je genoeg benzine?'
Vledder bromde.
'Ik heb hem tot zijn nekharen vol getankt,' snauwde hij. 'Is dat niet voldoende voor Gent?'
De Cock beluisterde de toon. Hij schoof zijn hoedje terug en keek schuin omhoog.
'Heb je de pest in?'
Vledder keek strak voor zich uit op de weg.
'Ik... eh, ik,' sprak hij onzeker, 'was liever achter een van die vrouwen aan gegaan.'
De Cock glimlachte.
'Je bedoelt,' vroeg hij vriendelijk, 'of achter Louise de Mirabello of achter Carmen Snowdonia?'
Vledder knikte.
'Ik heb er vannacht over zitten piekeren,' sprak hij zorgelijk. 'Het is toch opmerkelijk dat ze beiden zijn verdwenen.'
De Cock maakte een schouderbeweging.
'Het adres dat wij via de bajes van Carmen Snowdonia hebben, dateert nog van voor haar arrestatie. Ik kan mij voorstellen dat ze na het uitzitten van haar straf niet terug wilde in de woning waar ze jaren geleden haar man heeft vergiftigd.'
'Ze moet toch ergens een onderkomen hebben? Familieleden van haar weten ook niet waar ze zit.'
De Cock knikte.
'We kunnen haar op de telex zetten. Meer mogelijkheden hebben we voorlopig niet.'
Vledder zuchtte.
'Het is Carmen Snowdonia niet gelukt om Haagse Krelis voor haar karretje te spannen, maar ik ben bang dat ze wel een andere man heeft kunnen vinden om haar gevoelens van haat te bevredigen. Ze lijkt mij een vrouw die van elke man een slaaf maakt.'

De Cock grinnikte.
'Ik dacht,' vroeg hij gemelijk, 'dat Louise de Mirabello jouw favoriet was?'
Vledder liet het stuur van de Golf even met beide handen los en zwaaide.
'Nu uit de oude processen-verbaal blijkt dat Carmen Snowdonia destijds voor het vergiftigen van haar man ook atropine heeft gebruikt, ben ik gaan twijfelen. Dat kan toch?'
De Cock drukte zich omhoog en trok de zonneklep naar beneden.
'Dat kan,' beaamde hij knikkend. 'Het is heel gevaarlijk om je als rechercheur te fixeren op een bepaald persoon. Je hebt dan al gauw de neiging om alle verkregen aanwijzingen en sporen in dezelfde richting te interpreteren.'
Vledder grijnsde.
'Dan zie je, zoals ik, andere mogelijkheden over het hoofd.'
'Precies.'
Vledder klapte met zijn vuist op de rand van het stuur.
'Louise de Mirabello,' sprak hij snuivend, 'leek mij echt een ideale verdachte.'
De Cock glimlachte.
'Voorzover wij weten heeft Louise de Mirabello nooit iemand vergiftigd.'
'Dat sluit haar toch niet uit?'
De Cock lachte.
'Ze zit nog stevig in je hoofd.'
Vledder reageerde niet. Hij blikte even opzij.
'Waarom gaan we feitelijk naar Gent?'
De Cock gebaarde voor zich uit.
'Daar begint het,' riep hij enthousiast. 'Rechter De Mirabello was het eerste slachtoffer. Hij heeft vanuit Gent zijn dochter gebeld. Misschien kunnen we vanaf dat moment zijn spoor volgen.'
Vledder glimlachte.
'Gaan we, zoals je plan was, in Gent nog met een taxichauffeur in zee?'
De Cock schudde zijn hoofd.
'Ik heb Lucas van Waveren gebeld.'
'De man van de gerechtelijke politie.'

De Cock knikte.
'Toen ik het hem vroeg, was hij onmiddellijk bereid om ons in Gent rond te leiden. Volgens Van Waveren houdt het Hof van Assisen zitting in het Justitiepaleis. Hij kan ons de ruimte wijzen waar de rechters uit de diverse landen wekelijks bijeenkomen.'
'Waar treffen we die Van Waveren?'
De Cock trok een notitie uit het borstzakje van zijn colbert.
'Botermarkt vijf,' las hij hardop. 'Politiehoofdbureau van de Stad Gent. Van Waveren verwacht ons daar rond elf uur.'
Vledder keek bedenkelijk.
'Kunnen we die Botermarkt makkelijk vinden? Ik ben van mijn leven nog nooit in Gent geweest.'
De Cock knikte traag.
'Het hoofdbureau van politie staat, zo vertelde Lucas van Waveren mij, op de Botermarkt pal tegenover het Sint Jorishof. En dat is volgens de Gentenaren het oudste en beroemdste hotel van Europa.'
'Iedereen kent dat?'
'In Gent zeker. Volgens Lucas van Waveren kennen de Gentenaren het Sint Jorishof beter dan hun eigen politiehoofdbureau.'
'Eten we in de middag wat in dat oudste en beroemdste hotel van Europa? Ze zullen daar best een goede keuken hebben.'
De Cock schudde zijn hoofd.
'Dat doen we in de Graaf van Egmond op de Sint Michielsbrug.'
'Wat is dat?'
'Een bourgondisch restaurant,' gniffelde De Cock.
Hij wreef zich vergenoegd in zijn handen.
'Daar laten we ons op kosten van de gemeenschap een Vlaamse specialiteit serveren... paling in het groen.'

Vledder keek verbaasd om zich heen.
'Kennen ze hier geen asfalt?'
De Cock lachte.
'Ik vind die kasseien prachtig,' riep hij enthousiast. 'Het past bij deze mooie oude stad. Het ademt de sfeer van vroeger.'
Vledder gromde.
'Bij ons in Amsterdam zijn die kinderhoofdjes al lang uit het stadsbeeld verdwenen.'

De Cock grijnsde.
'Bij ons verdwijnt op den duur alles.'
Vledder lachte.
'Niet zo somber. We hebben nog steeds ons Koninklijk Paleis op de Dam.'
De Cock blikte om zich heen.
'Weet je waar je onze Golf hebt geparkeerd?' vroeg hij bezorgd. Anders kunnen we het vehikel straks niet meer terugvinden.'
Vledder knikte.
'Het heet daar Nederpolder. Ik heb het opgeschreven. Het is betaald parkeren, en parkeren is niet duur.'
Door een vriendelijke Gentenaar gewezen, liepen ze via Hoogpoort naar de Botermarkt. Voor nummer vijf bleven de beide rechercheurs staan en zagen op naar een monumentale groengelakte deur met daarop een forse koperen plaat met **Stad Gent Politiehoofdbureau** in zwarte verzonken letters.
De Cock drukte de deur open en ging naar binnen.
Vledder volgde.
Reeds in de hal stapte Lucas van Waveren met uitgestoken hand op de grijze speurder toe.
'Jullie zijn mooi op tijd,' jubelde hij. 'Kom even verder.'
Hij ging hen voor naar een gezellig ingericht vertrek met een hoge zoldering. In het midden stond een viertal antieke bureaus... twee aan twee tegen elkaar geschoven. Kleurrijke affiches sierden de wanden.
Van Waveren nam achter een van de bureaus plaats en wuifde om zich heen.
'Ga zitten,' riep hij vrolijk, 'dan kunnen we een gezamenlijk strijdplan ontvouwen.'
De Cock plukte aan zijn neus.
'Ik ben bang,' grinnikte hij, 'dat er nog weinig strijd valt te leveren.'
De oude rechercheur ging zitten en liet zijn blik door het vertrek dwalen. Op het bureau van Van Waveren stond een rood marmeren klokje met aan weerszijden een foto in een zilveren lijst. Heel huiselijk. Een lachende vrouw met zwart golvend haar en een jong meisje, waarin De Cock de gelaatstrekken van Van Waveren herkende.
'Uw echtgenote en dochter?'

Van Waveren knikte.
'Zo heb ik ze dicht bij mij.'
De Cock wees naar een verse rode roos, die boven het portret van het jonge meisje uitstak.
'Is ze jarig?'
Lucas van Waveren knikte traag. De vrolijkheid gleed van zijn gezicht.
'Ze zou vandaag zestien zijn geworden.'
De Cock vroeg niet verder.
'Misschien kunt u ons straks iets van uw fraaie stad laten zien?'
De lichtgroene ogen van Van Waveren twinkelden.
'Met het grootste genoegen.'
De Cock glimlachte.
'De kasseien zijn ons al opgevallen. Maar onze ambtelijke interesse gaat uit naar de plaats waar de rechters vergaderen en waar De Mirabello gewoonlijk in zijn auto stapte.'
Lucas van Waveren knikte.
'Die plek zal ik u wijzen. Maar laat ik u beiden na de lange reis eerst trakteren. Hiernaast op de Botermarkt is Den Turk, een café waar men een goed kop koffie schenkt. Ik kom daar vaak.'
Van Waveren stond op en liep de kamer af. De Cock en Vledder volgden.
Den Turk bleek een gezellig, wat rommelig café met veel nissen en kleine intieme ruimten. Onder twee vergulde lijsten met foto's van een echtpaar in een klederdracht van de vorige eeuw gingen ze zitten en Van Waveren bestelde koffie.
'Hebt u in uw onderzoek al vorderingen gemaakt?' vroeg hij nieuwsgierig.
De Cock schonk hem een vermoeide glimlach.
'Nauwelijks. We hebben er alleen een identieke moord bij.'
Van Waveren keek hem verrast aan.
'Net zo'n moord als op de rechter?'
'Precies zo... de moord is vrijwel zeker door dezelfde dader gepleegd.'
'Wie... eh, wie was het slachtoffer?'
'Meester De Goes.'
Van Waveren keek hem verrast aan.
'Dat is toch die officier van justitie die ons in Gent waarschuwde voor een aanslag op rechter De Mirabello?'

De Cock maakte een hulpeloos gebaar.
'Geen idee. Ik weet nog weinig van zijn privé-leven. Ik weet alleen dat hij met de enige dochter van rechter De Mirabello was getrouwd.'
Van Waveren reageerde verrast.
'Frappant. Zit daar geen link?'
De Cock wees naar Vledder.
'Hij is van de schuld van de dochter van rechter De Mirabello overtuigd.'
De jonge rechercheur schudde zijn hoofd.
'Niet meer,' verweerde hij knorrig. 'Nieuwe ontwikkelingen wijzen in de richting van een andere vrouw.'
Een ober serveerde koffie met een pijpje brosse koek. Van Waveren gebaarde naar De Cock.
'De plaats van rechter De Mirabello is inmiddels ingenomen door mevrouw Lastensjouwer.'
De Cock reageerde verwonderd.
'Zij behoort toch niet tot de rechterlijke macht. Ze is van justitie.'
'De andere rechters hebben haar als vervangster van De Mirabello geaccepteerd. Jammer.'
De Cock keek naar hem op.
'Waarom... Jammer?'
'Ik vind haar geen aardige vrouw,' antwoordde hij met een diepe zucht. 'Zeker niet. Ze is zo bazig, zo opdringerig. Ik had direct al problemen met haar.'
'Hoezo?'
'Ze vond de bewaking onvoldoende en eiste meer manschappen. In bedekte termen gaf ze mij te verstaan dat ik... of de stad Gent... in feite verantwoordelijk was voor de dood van rechter De Mirabello.'
De Cock schudde afkeurend zijn hoofd.
'Dat is dwaas,' reageerde hij fel. 'Meer manschappen is geen garantie voor veiligheid. Een moord is niet altijd te voorkomen.'
Ze dronken verder zwijgend hun koffie. Daarna verlieten ze Den Turk, wandelden naar de Bisdomkaai en stapten daar in de auto van Van Waveren.
De man van de gerechtelijke politie hield oprecht van zijn oude

stad. Vol geestdrift en bezieling toonde hij alle bezienswaardigheden. Dat waren er vele. Het werd een prachtige rit. Vooral vanaf de Sint Michielsbrug over de rivier de Leie hadden ze een fantastisch uitzicht op de middeleeuwse torens van Gent. Links de grijze zandstenen toren van de Sint Niklaaskerk, het machtige Belfort met gouden details en de roomkleurige zandstenen toren van de Sint Baafskathedraal.
Lucas van Waveren glansde bij de kreten van bewondering die De Cock zo nu en dan slaakte.
'Feitelijk,' sprak hij, 'zouden wij in de oude Veldstraat, onze drukste winkelboulevard, nog koffie met gebak moeten nuttigen bij de patisserie Bloch, dat is zeer gekend in Gent en omgeving, maar ik vrees dat het dan te laat wordt. U gaat beiden vandaag nog terug naar Amsterdam?'
De Cock knikte.
'Ik slaap graag thuis in mijn eigen bed.'

Het Justitiepaleis aan de Leie bleek een lelijk, grauw, enigszins vervallen gebouw. De rechterzijde was grotendeels met klimop bedekt. De eerste milde herfsttinten van de klimop gaven aan het gebouw nog enige kleur. Het Griekse zuilenfront stond in de steigers en bood een troosteloze aanblik. Op het halfronde pleintje voor het gebouw was het standbeeld van Hippolyte Metdepenningen van zijn hoge sokkel getild. Gesteund door ijzeren staven, hield het mansbeeld zich met moeite staande.
De grove muren om het gebouw stonden schots en scheef en het hekwerk was verroest. De justitie in Gent was zichtbaar aan een restauratie toe. Volgens een kritische Lucas van Waveren zelfs in dubbel opzicht. Als enige blijk van vroegere glorie stond rondom het pleintje een indrukwekkende rij machtige eiken.
Van Waveren liep met de Nederlandse rechercheurs om het gebouw heen naar het Kuipgat en wees naar het water.
'Dit is de Ketelvaart,' legde hij uit, 'een zijarm van de Leie. Hier aan de wallekant hield ik altijd een parkeerplaatsje voor de auto van rechter De Mirabello vrij.'
De Cock keek naar het gras en het onkruid aan de schuin naar het water aflopende wallekant en bezag een gat in het hek aan de achterzijde van het Justitiepaleis.
'Hij moet dus van hier zijn vertrokken?'

Lucas van Waveren knikte.
'Daar stond zijn wagen.'
'Altijd?'
Van Waveren knikte opnieuw.
'Er is anders weinig plek. Er bestaan plannen om onder de Kouter een parkeergarage te bouwen, maar zover zijn we nog niet.'
De Cock staarde peinzend voor zich uit.
'Rechter De Mirabello had voor hij vertrok vanuit Gent nog met zijn dochter Louise gebeld.'
'Dat zal hij dan gedaan hebben in De Midi.'
De Cock fronste zijn wenkbrauwen.
'Wat is De Midi?'
Van Waveren lachte.
'Brasserie De Midi,' legde hij uit, 'is een gelegenheid op het Koophandelsplein, hier pal bij het Justitiepaleis. Het was de gewoonte dat de heren rechters na afloop van een bijeenkomst in De Midi nog iets dronken voor zij afscheid van elkaar namen.'
De Cock knikte begrijpend.
'Hebt u rechter De Mirabello op de dag van zijn dood naar zijn auto begeleid?'
Van Waveren schudde zijn hoofd.
'Dat deed ik nooit. De bewaking van de rechters gold en geldt nog steeds: alléén in het Justitiepaleis. Verder niet.'
De Cock bezag nog eens de triest aandoende omgeving. Hij had het stellige gevoel dat hier op deze plek aan het Kuipgat het mysterie begon. Hij bleef even staan... wijdbeens... trachtte zich voor te stellen hoe het was geweest... die avond, toen rechter De Mirabello nog leefde. Wie had hem hier opgewacht toen hij uit brasserie De Midi kwam?
Hij draaide zich half om naar Lucas van Waveren.
'Zegt de naam Jos van Geesteren u iets?'
'Van Waveren schudde zijn hoofd.
'Een man met een crimineel verleden. Hij moet hier ergens in Gent wonen,' zei De Cock.
De blik van Van Waveren verhelderde.
'De stierennek.'
De Cock knikte instemmend.
'Juist, die. Hij had in Amsterdam in de Bijlmerbajes tezamen met zijn vriend Cornelis Houtman het plan opgevat om na hun

ontslag uit de gevangenis rechter De Mirabello te vermoorden.'
Van Waveren keek hem verschrikt aan.
'Waren die twee ten tijde van de moord vrij?'
'Inderdaad.'
Van Waveren sloeg zijn rechterhand voor zijn mond.
'Jos van Geesteren is zeer gewelddadig. Ik ken hem goed. Ik heb in het verleden dikwijls zaken tegen hem behandeld. Gelooft u mij... Jos van Geesteren deinst voor een moord niet terug en hij kent in Gent elke plek.'
'Ook het Kuipgat?'
Van Waveren knikte.
'Ook het Kuipgat.'

# 11

Ze verlieten met hun oude Golf de fraaie stad Gent. Vledder zat achter het stuur. Onrustig, gespannen. Het drukke verkeer vanuit Gent richting Antwerpen raasde over de snelweg. Zware vrachtwagens, die vaak zonder enige aanduiding van baan veranderden, zorgden voor een benauwend, angstig gevoel. Maar de jonge rechercheur toonde zich bijzonder alert.
Hij gebaarde om zich heen.
'Heb je in België een rijbewijs nodig?' vroeg hij met enige schroom.
De Cock lachte.
'Uiteraard.'
Vledder schudde zijn hoofd.
'Ik merk er niets van. De meesten rijden hier alsof ze geen rijbewijs, maar een vliegbrevet hebben... voor een straaljager... supersonisch.'
De Cock lachte opnieuw.
'Het valt wel mee,' sprak hij sussend.
Vledder bromde.
'Jij zit niet achter het stuur.'
De Cock blikte opzij.
'Heb je genoten?'
'Waarvan?'
De Cock wuifde.
'Van de paling in het groen.'
Vledder wreef even over zijn buik.
'Je hebt niets te veel gezegd... een delicatesse. Alleen daarvoor zou ik nog wel eens een bezoek aan Gent willen brengen.'
De jonge rechercheur gniffelde.
'Maar dan zonder auto, zodat ik niet behoef te rijden. Ik had bij mijn "paling in het groen" nog best een tweede glas Muskadel gedronken.'
De Cock spreidde zijn armen.
'*Heer,*' declameerde hij vrolijk, '*als wij beschonken zijn, wil ons dat kwaad niet tellen, 't is van de Muskadellen.*'
Vledder keek hem verwonderd aan.
'Hoe kom je daar aan?'

De Cock maakte een schouderbeweging.
'Een versregel van de Nederlandse dichter Wilhelmus Johannes Maria Antonius Asselbergs. Beter bekend onder zijn pseudoniem Anton van Duinkerken. Hij speelde tijdens zijn leven een grote rol in de toenemende culturele samenwerking tussen Nederland en Vlaanderen.'
De grijze speurder glimlachte.
'Onze Vlamingen leven wat uitbundiger, wat opgeruimder dan wij... belijden met overtuiging een Bourgondische levensstijl.'
'Is dat verkeerd?'
De Cock schudde zijn hoofd.
'Absoluut niet,' sprak hij overtuigend. 'Als ik geen Amsterdammer was, zou ik een Vlaming willen zijn en ook Bourgondisch willen leven.'
Vledder keek hem misprijzend aan.
'Dat lukt je niet... niet meer. Daarvoor heb je te lang boven de grote rivieren gewoond.'
De Cock grinnikte.
'Ik zou het toch willen proberen.'
Vledder verzonk in gepeins.
'Nu we toch in Gent waren, waarom hebben wij die Jos van Geesteren niet verhoord?'
De Cock trok een bedenkelijk gezicht.
'Ik weet nog zo weinig... heb nog zo weinig om hem onder druk te zetten. Ik wil eerst nog eens met Cornelis Houtman over die Jos van Geesteren spreken. De vorige keer zijn we daar niet diep genoeg op ingegaan.'
Vledder knikte begrijpend.
'Van Waveren achtte het heel goed mogelijk dat Jos van Geesteren rechter De Mirabello en meester De Goes had gedood. De stierennek is in het verleden al eens verdacht geweest van een moord, men heeft alleen het bewijs nooit kunnen leveren.'
De Cock zuchtte.
'Daarom. Als hij de dader is, dan dienen we uiterst omzichtig te handelen. Ik wil niet graag dat een moordenaar mij ontglipt.'
De grijze speurder zweeg even.
'Het verwarrende is,' ging hij wrevelig verder, 'dat volgens de geruchten Jos van Geesteren en Cornelis Houtman in de Bijlmerbajes samen een moordplan hebben beraamd.'

Hij schudde zijn hoofd.
'Maar na onze ontmoetingen met moeder Houtman en haar zoon Cornelis kan ik in hem geen moordenaar meer zien.'
'Een misleidend gevoel?'
'Misschien. Hoewel mijn intuïtie mij in het verleden zelden heeft bedrogen.'
Vledder trok een dwarse rimpel in zijn voorhoofd.
'Stie-ren-nek,' sprak hij langgerekt, 'stie-ren-nek... zou de strop die wij om de *nek* van de beide slachtoffers hebben gevonden, een symbool zijn?'
De Cock keek hem nadenkend aan.
'Je bedoelt een symbool... een verwijzing naar Jos van Geesteren, alias de stie-ren-nek?'
Vledder knikte nadrukkelijk.
'Die stroppen moeten toch een betekenis hebben? De moordenaar heeft niet voor niets met noeste huisvlijt stroppen geknoopt en om de nek van zijn slachtoffers gelegd?'
De Cock grijnsde.
'Als hij toch naar zichzelf had willen verwijzen, dan had Jos van Geesteren beter een hangertje in de vorm van een stier om hun nek kunnen hangen.'*
De grijns gleed van zijn gezicht.
'Maar je hebt gelijk,' ging hij ernstig verder, 'die strop heeft een betekenis. De vraag is welke? Ook Lucas van Waveren had er geen verklaring voor.'
Vledder keek hem even van terzijde aan.
'Heb je echt geen idee waarvoor die vreemde stroppen dienden?'
In zijn stem trilde ongeloof.
De Cock verschoof iets op zijn stoel.
'Een strop en een galg,' sprak hij bedachtzaam, 'zijn symbolen voor dood en straf.'
'Doodstraf.'
De Cock knikte met een ernstig gezicht.
'De moordenaar heeft, zo kan men het interpreteren, met die strop om hun nek willen symboliseren dat zowel rechter De Mirabello als meester De Goes de dood als straf verdiende.'

* Zie: *De Cock en moord op termijn*

'Waarvoor?'
De Cock zuchtte.
'Als ik dat wist, zaten we dicht bij de moordenaar.'
Hij hield even zijn wijsvinger voor zijn neus.
'Er moet,' formuleerde hij voorzichtig, 'in de levens van rechter De Mirabello en meester De Goes... ergens een duistere spelonk zijn... een donkere grot... een daad in het verleden, die wij nog niet kennen... maar wel iets dat voor de moordenaar indrukwekkend genoeg was om tot zijn daad te komen.'
Vledder reageerde opstandig.
'Hoe vinden we die donkere grot?'
De Cock knikte instemmend.
'Wat is het motief... waarom meent de moordenaar dat beiden de doodstraf verdienden?'
'En waarom,' riep Vledder opgewonden, 'raken wij altijd in zulke ellendig ingewikkelde zaken verzeild?'

Het was al donker toen ze Amsterdam binnenreden en de regen stroomde plotseling van de hemel. Dikke regendruppels kletterden op het dak en spatten op de voorruit uiteen. De ruitenwissers in de tweede versnelling konden het water nauwelijks verwerken.
De Cock stak zijn armen omhoog.
'En de zon scheen zo mooi in Gent.'
Vledder schudde zijn hoofd.
'Dit is niet Gent in Vlaanderen,' gromde hij, 'maar Amsterdam in het land van mist en mest.'
De Cock wees naar de voorruit.
'En van vuile koude regen.'
Ze reden over de Utrechtse brug via de President Kennedylaan langs de RAI naar de Rooseveltlaan. Het was stil op de trottoirs. De regen had de mensen van de straat gespoeld.
Vledder blikte opzij.
'Zal ik je naar huis brengen?'
De Cock schudde zijn hoofd.
'Ik wil eerst even naar de Kit. Misschien zijn er nieuwe ontwikkelingen.'
Vledder reageerde nukkig. 'We hebben al een hele dag achter de rug. Ik wil best eens vroeg naar bed.'

De Cock negeerde de opmerking en Vledder parkeerde de Golf op de steiger achter het bureau. Ze sjokten door de regen via de Oudebrugsteeg naar de Warmoesstraat.
Toen ze de hal van het politiebureau binnenkwamen, liep Jan Kusters snel van achter de balie op De Cock toe.
'Wat denk je?'
De grijze speurder reageerde verward.
'Wat moet ik denken?'
De wachtcommandant boog zich samenzweerderig naar voren.
'Ze hebben vanmiddag Cornelis Houtman gearresteerd,' fluisterde hij. 'Hij zit hier bij ons in de cel... vanmiddag opgepakt in de woning van zijn moeder op de Bloemgracht.'
De Cock keek hem verbijsterd aan.
'Door wie?'
'Appie Keizer en Fred Prins.'
'Zijn ze gek?'
De wachtcommandant boog zich nog dichter naar hem toe.
'Ze moesten wel... opdracht van Buitendam.'
De Cock brieste.
'Waar bemoeit die vent zich mee?'
Jan Kusters spreidde zijn handen.
'Hij heeft de hele morgen naar jullie lopen roepen. Niemand wist waar jullie waren. Hij was des duivels. Uiteindelijk heeft hij jouw vrouw gebeld en die wist dat jullie naar Gent waren.'
'En?'
'Ik ga hem nu bellen.'
'Waarom?'
'Opdracht. Ik moest de commissaris waarschuwen wanneer jullie van Gent terugkwamen. Hij zou dan onmiddellijk naar het bureau komen om jou ter verantwoording te roepen.'

De Cock stond met zijn voeten iets uit elkaar voor het immense bureau van de commissaris. Hij voelde zich sterk en weerbaar.
'Zegt u het maar,' moedigde hij aan.
Het bleke gezicht van Buitendam zag rood en zijn neusvleugels trilden.
'Waarom weet ik niet dat jij naar Gent bent?' riep hij fel.
De Cock schonk hem zijn beminnelijkste glimlach.
'Omdat ik u dat niet heb verteld.'

Buitendam schoof in zijn stoel naar voren.
'En waarom heb jij mij dat niet verteld?'
De Cock trok een verongelijkt gezicht.
'Omdat ik dat niet nodig vond.'
'Dat bepaal jij niet.'
De Cock zuchtte.
'Als ik elke actie die ik in een onderzoek naar een moord verricht, vooraf aan u zou melden, dan lag u binnen enkele maanden met een ernstige zenuwaandoening in een of andere inrichting.'
Buitendam brieste.
'Ik waak zelf wel over mijn gezondheid.'
De Cock maakte een berustend gebaar.
'Ik heb het beste met u voor,' sprak hij zalvend. 'Ondergeschikten behoren dat te doen.'
De opmerking ergerde Buitendam.
'Wat deed jij met Vledder in Gent?' brulde hij overspannen.
De Cock ademde diep.
'Het onderzoek naar de moord op rechter De Mirabello leidde mij naar Gent. De rechter was daar nog in leven. Hij heeft vanuit Gent zijn dochter gebeld. Ik heb geprobeerd om vandaar zijn spoor te volgen.'
De oude rechercheur helde iets achterover en maakte een troosteloos gebaar.
'En toen ik vanavond hier terugkwam, hoorde ik tot mijn verbijstering dat u Cornelis Houtman hebt laten arresteren.'
De ogen van Buitendam schoten vuur.
'Tot jouw verbijstering?' riep hij schor. 'Die man heeft in de Bijlmerbajes nota bene een plan besproken om rechter De Mirabello en de officier van justitie meester De Goes te vermoorden.'
De Cock keek hem priemend aan.
'Hoe weet u dat?'
'Dat heeft de directie van de Bijlmerbajes mij vanmorgen vroeg gemeld.'
De Cock grijnsde.
'Rijkelijk laat. Dat hadden ze een maand geleden moeten doen. Dan hadden de rechter en de officier van justitie vermoedelijk nog geleefd.'

'Zij zijn niet in gebreke gebleven. Ze hebben het aan meester De Goes gemeld.'
De Cock knikte.
'En omdat rechter De Mirabello wel eens in Gent vergaderde heeft meester De Goes aldaar de gerechtelijke politie ingeschakeld.'
Buitendam keek hem hoofdschuddend aan.
'Is dat niet juist?'
De Cock grinnikte vreugdeloos.
'Verder niemand,' sprak hij met stemverheffing. 'Verder heeft meester De Goes niemand gewaarschuwd. En dat is niet alleen stom, maar ook hoogst merkwaardig. De Bijlmerbajes staat niet in Gent, maar in Amsterdam en De Mirabello was als rechter verbonden aan de Amsterdamse rechtbank.'
Buitendam stoof op.
'Ik verbied je,' riep hij streng, 'om zo over een officier van justitie te praten.'
De Cock wuifde de opmerking weg.
'Hij is dood... en dat is maar gelukkig.'
Buitendam ontplofte bijna.
'Jij... eh, jij hebt...'
De Cock onderbrak hem.
'Ik raad u aan,' sprak hij ernstig, 'om Cornelis Houtman onmiddellijk in vrijheid te stellen. Die man is al eens onschuldig veroordeeld.'
Commissaris Buitendam schudde woedend zijn hoofd.
'Ik denk er niet aan.'
De Cock maakte een kalmerend gebaar.
'Ik heb al eens met Cornelis Houtman gesproken. Hij is volgens mij geen moordenaar.'
Buitendam keek hem met grote ogen aan en ging weer zitten.
'Jij hebt al eens met...' Hij maakte zijn zin niet af. 'Waarom weet ik dat niet?'
De Cock glimlachte.
'Met diezelfde vraag zijn we dit gesprek begonnen. Het gaat om uw eigen gemoedsrust. Ik leg u niet opnieuw uit waarom ik niet alles aan u meld.'
'Ik eis dat van je.'
De Cock schudde zijn hoofd.

'Dat zou ik niet doen. Het brengt meer ellende dan u lief is.'
Voordat Buitendam kon reageren, strekte de oude rechercheur zijn wijsvinger naar hem uit.
'Nogmaals,' sprak hij rustig, 'stel Cornelis Houtman in vrijheid. Ik zal nog even met hem praten om bij hem de indruk te wekken dat uw optreden juist was. Maar zijn arrestatie was een misgreep. Het is jammer dat ik dit niet heb kunnen voorkomen.'
Commissaris Buitendam kneep zijn lippen op elkaar.
'Door de melding van de directie van de Bijlmerbajes had ik geen andere keus.'
De Cock knikte.
'U had op mij kunnen wachten.'
De grijze speurder zweeg even.
'Mijn oude moeder,' ging hij verder, 'zei altijd: stel in prinsen geen vertrouwen... dat geldt ook voor officieren van justitie. Meester De Goes was geen onkreukbare gezagsdrager.'
De Cock deed een stap naar voren.
'En voor u weer eens in een moordzaak die ik behandel, denkt iets te moeten ondernemen... neem dan eerst contact met mij op.'
Commissaris Buitendam kon zich niet langer bedwingen. Hij kwam woest uit zijn stoel overeind. Zenuwtrekken zwiepten over zijn scherpe kaken. Zijn gezicht straalde purperrood. In een wild gebaar strekte zijn rechterarm naar de deur.
'Eruit.'
De Cock ging.

Cornelis Houtman keek hem verdrietig aan.
'Ik snap het niet.'
'Wat niet?'
'Ik meldde mij bij u en u liet mij gaan. Vanmiddag werd ik door twee rechercheurs gearresteerd.'
De Cock knikte.
'Ik snap het wel. Gistermorgen kreeg onze commissaris het rapport van de Bijlmerbajes binnen, waarin staat vermeld dat Jos van Geesteren en jij het plan hadden opgevat om rechter De Mirabello te vermoorden. Dit, gevoegd bij jouw dreigbrieven aan de rechter, maken van jou een redelijke verdachte.'
Cornelis Houtman haalde zijn schouders op.
'Ik was het niet, dat heb ik u toch verteld. Ik ben blij dat ik weer

vrij ben, dat ik weer kan gaan en staan waar ik wil. Ik zet mijn vrijheid toch niet op het spel door die stomme rechter te vermoorden?'
De Cock schonk hem een flauwe glimlach.
'Die stomme rechter is dood... net als die geile officier van justitie.'
Cornelis Houtman boog zich iets naar hem toe.
'Waarom denkt u dat ik halsoverkop naar Gent ben gereisd?'
'Om jouw vriend Jos van Geesteren te ontmoeten.'
Cornelis Houtman knikte nadrukkelijk.
'Precies. Toen ik in de krant las dat rechter De Mirabello was vermoord, kroop de angst naar mijn strot.'
'Waarom?'
'Ik was als de dood zo bang dat de stierennek de rechter had gemold. Begrijpt u? Iedereen, ook de politie zou dan denken dat ik aan die moord had meegewerkt.'
'En dat had je niet?'
'Nee.'
'En de stierennek?'
Cornelis Houtman liet zijn hoofd zakken.
'Mensen zijn als ze vrij zijn zo heel anders, dan in de bajes. Jos van Geesteren gedroeg zich vreemd. Hij deed net alsof hij mij niet kende... of hij mij nog nooit in zijn leven had ontmoet.'
De Cock fronste zijn wenkbrauwen.
'Jullie hebben toch vele jaren samen gezeten?'
Cornelis Houtman knikte.
'In Gent stond de stierennek mij aan de deur te woord. Die stroppendrager liet mij niet eens binnen. Ik vroeg: Jos, heb jij de rechter gemold?'
De Cock keek hem gespannen aan.
'Wat zei hij?'
De handen van Cornelis Houtman trilden. Slikkend vocht hij tegen opkomende tranen.
'Hij zei: "Dat wilde je toch zo graag."'
Met vochtige ogen keek Cornelis Houtman naar De Cock op.
'Toen kwakte hij de deur voor mijn neus dicht.'

# 12

Toen De Cock de volgende morgen slechts een half uur te laat de grote recherchekamer binnenstapte, trof hij Vledder in druk gesprek met Appie Keizer en Fred Prins. Op het moment dat ze de oude rechercheur in het oog kregen zweeg het drietal.
Fred Prins liep op hem toe.
'We dachten je er echt een plezier mee te doen,' sprak hij timide.
'Waarmee?'
'Het arresteren van de moordenaar van rechter De Mirabello.'
De Cock schudde zijn hoofd.
'Cornelis Houtman is de moordenaar niet.'
'Dat,' verzuchtte Fred Prins, 'hoorden we zojuist van Vledder. Maar Buitendam leek absoluut overtuigd. Hij zei sterke aanwijzingen in handen te hebben dat Cornelis Houtman voor de moord op rechter De Mirabello verantwoordelijk was.'
'Hoe reageerde zijn moeder bij de arrestatie?'
'Ze schold ons uit. Volgens haar had de justitie het leven van haar zoon totaal verwoest.'
De Cock knikte instemmend.
'Zit Cornelis Houtman nog?'
Fred Prins schudde zijn hoofd.
'De wachtcommandant heeft hem vanmorgen in vrijheid gesteld.'
De Cock keek hem verward aan.
'Jan Kusters?'
Fred Prins knikte.
'De commissaris belde van huis dat hij hem kon laten gaan.'
Vledder kwam naderbij.
'Wat heb jij gisteravond met Buitendam gedaan?' vroeg hij met een verholen glimlach.
De Cock grinnikte.
'Niets. Ik heb hem gezegd dat ik het met de arrestatie van Cornelis Houtman niet eens was en dat hij zich beter niet met mijn zaken kan bemoeien.'
Vledder grijnsde.
'Hij heeft zich vanmorgen ziek gemeld.'

'Dat is niet mijn schuld. Ik had geen overdraagbare bacillen bij mij.'
De Cock deed zijn regenjas uit en hing zijn hoed op een haak van de kapstok. Daarna ging hij achter zijn bureau zitten. Vledder nam tegenover hem plaats.
'Buitendam heeft het toch niet aangedurfd om Cornelis Houtman vast te houden.'
De Cock grijnsde.
'Ik had wel verwacht dat hij zou capituleren. In feite kon hij geen kant op. Ik hoop dat hij gauw weer present is. Alles bijeen genomen is Buitendam toch geen slechte baas.'
Vledder keek hem verwijtend aan.
'Dat mag je dan wel eens laten blijken. Volgens mij ben je een nagel aan zijn doodkist.'
De Cock wreef zich achter in zijn nek.
'Hij maakt mij soms razend,' sprak hij geprikkeld. 'Na al die jaren dat ik onder zijn hoede werk, mag hij toch wel wat meer vertrouwen in mij tonen.'
De grijze speurder veranderde van toon.
'Heb je gisteravond goed naar Cornelis Houtman geluisterd?'
'Zeker.'
'Wat viel je op?'
'De vreemde, afwijzende houding van Jos van Geesteren. Van de hechte vriendschap tussen hem en Cornelis Houtman tijdens hun verblijf in de bajes was niet veel meer over.'
'Verder?'
'Dat de stierennek in feite geen antwoord gaf op de vraag van Cornelis Houtman of hij de rechter De Mirabello had vermoord. "Dat wilde je toch zo graag" is voor velerlei uitleg vatbaar.'
De Cock schudde wat wrevelig zijn hoofd.
'Ik bedoel wat anders. Cornelis Houtman zei over Jos van Geesteren letterlijk: "Die stroppendrager liet mij niet eens binnen." Het gaat mij om het woord *stroppendrager*.'
De blik van Vledder verhelderde.
'In verband met de stroppen die wij om de nek van de slachtoffers hebben gevonden.'
De Cock knikte nadrukkelijk.
'Ik ben gisteravond thuis in mijn boekenkast gedoken. Ik heb lang moeten zoeken, maar ik dacht wel dat ik eruit ben. *Strop-*

*pendrager* is een bijnaam of een scheldwoord voor een inwoner van Gent.'
Vledder keek hem verwonderd aan.
'Waar komt dat vandaan?'
De Cock frommelde een notitie uit het borstzakje van zijn colbert.
'Ik heb het allemaal opgeschreven. We moeten wel een eind in de geschiedenis terug. In vijftienhonderdzevenendertig weigerde de stadsraad van Gent aan Maria van Hongarije de bede toe te staan.'
Vledder grinnikte.
'Wat is een bede?'
'Een ordinaire belastingheffing.'
'Noemde men dat *een bede*?'
De Cock knikte.
'Die Maria van Hongarije was door haar broer keizer Karel de Vijfde als landvoogdes over Vlaanderen aangesteld. Na de ziekte en dood van zijn vrouw Isabella ging Karel de Vijfde in een klooster te Toledo in Spanje om te rouwen. Van die situatie maakten de Gentenaars misbruik en kwamen tegen de landvoogdes in opstand.'
'Niet netjes.'
De Cock grinnikte.
'Dat vond de keizer ook. Bij zijn terugkeer in Gent... dat was in vijftienhonderdveertig... strafte Karel de Vijfde wreed. De aanzienlijken en leiders van de opstand moesten met een strop om hun nek vergiffenis aan de keizer vragen. Velen zijn gedood. Die straf ging de geschiedenis in als de Concessio Carolina, die ook inhield dat tal van privileges van de stad werden ingetrokken. Sindsdien is de bijnaam van Gentenaars: stroppendragers.'
Vledder trok zijn schouders op.
'Hebben we hier wat aan?'
'Je bedoelt bij ons onderzoek?'
'Ja.'
'Het is een verwijzing naar Gent.'
Vledder spreidde zijn handen.
'Het kan ook misleidend zijn... de moordenaar hoopt dat wij de dader in Gent gaan zoeken.'

De Cock glimlachte.
'Maar hij verblijft elders.'
De Cock kauwde op zijn onderlip.
'Toch heb ik de stellige overtuiging dat de moordenaar deze episode uit de geschiedenis van de stad Gent kent.'
Vledder glimlachte.
'Misschien heeft hij net zo'n boekenkast als jij.'
De Cock keek hem verwijtend aan.
'Een stomme opmerking.'
De oude rechercheur schudde zijn hoofd.
'Ik denk niet,' ging hij bedachtzaam verder, 'dat dader of daderes net als ik langdurig in zijn of haar boekenkast heeft moeten zoeken... de moordenaar kende de betekenis van "stroppendrager" voor hij of zij aan haar of zijn daad begon.'
De telefoon op het bureau van De Cock rinkelde. Vledder boog zich ver naar voren en pakte de hoorn op. Na enkele seconden zei hij: 'Laat haar komen' en legde de hoorn op het toestel terug.
De Cock keek hem onderzoekend aan.
'Wie was dat?'
'De wachtcommandant. Beneden aan de balie staat Louise de Mirabello.'
De Cock fronste zijn wenkbrauwen.
'Ze meldt zichzelf?'
'Dat blijkt.'
De Cock strekte zijn arm naar hem uit.
'Jij verhoort haar.'
'Met genoegen.'
De deur van de grote recherchekamer gleed langzaam open en in de deuropening verscheen Louise de Mirabello. Ze droeg een lange zwarte mantel en een donkere hoed met een zwarte voile. Traag en bevallig schreed ze naderbij en deed haar zwarte voile omhoog.
De Cock hield zijn adem even in. De zoete betovering van haar schoonheid trof hem opnieuw.
Ze knoopte haar mantel los en nam op de stoel naast het bureau van de grijze speurder plaats.
De Cock boog zich iets naar haar toe.
'Gecondoleerd met het verlies van uw man,' sprak hij zacht. Hij

wees voor zich uit. 'Mijn collega wilde u een paar vragen stellen.'
Ze keek van Vledder naar De Cock en terug.
'Ik blijf liever bij u zitten.'
Vledder kwam met een nors gezicht achter zijn bureau vandaan, pakte een stoel en zette die schuin voor haar neer.
'Uw verdwijning,' startte hij, 'gepaard aan de plotseling dood van uw man... met wie u in onmin leefde... heeft bij ons een aantal vragen opgeroepen.'
Louise keek de jonge rechercheur koel aan.
'Welke?'
Vledder trok zijn gezicht strak.
'In hoeverre,' sprak hij streng, 'bent u betrokken bij de moord op uw man?'
Louise zuchtte.
'Voor ik die vraag beantwoord, wil ik om te beginnen eerst mijn zogenaamde verdwijning bespreken.'
'Zoals u wilt.'
De vrouw verschoof iets op haar stoel.
'Mijn man heeft jaren geleden een affaire gehad met een jonge vrouw, die van een gifmoord op haar echtgenoot werd verdacht.'
'Carmen Snowdonia.'
'Inderdaad... Carmen Snowdonia. Het werd een publieke rel. Men had mijn man destijds moeten ontslaan, maar de PG,* mevrouw Lastensjouwer, hield hem de hand boven het hoofd en de zaak verdween in de doofpot.'
Louise de Mirabello pauzeerde even. Ze zocht zichtbaar naar een goede voortzetting.
'Ik... eh,' ging ze aarzelend verder, 'wilde de afwikkeling van mijn scheiding van Hugo de Goes wat bespoedigen. Ik was dat gezeur via advocaten zat en bedacht dat het dreigement dat ik de affaire Carmen Snowdonia opnieuw zou oprakelen, voldoende zou zijn om Hugo te bewegen zijn verzet tegen de scheiding op te heffen.'
De Cock kon een interventie niet bedwingen.
'U ging naar Blaricum?'

* PG: Procureur Generaal

Louise de Mirabello knikte.
'Ik reed naar Blaricum. Ik wist dat Hugo vaak vrouwen op bezoek had. Daar was ik op voorbereid. Maar hij was alleen thuis. Hij had wat gedronken en werd tot mijn ontzetting zelfs aanhalig. Mijn dreigement, dat ik de affaire Carmen Snowdonia zou oprakelen, had geen enkele invloed op hem. Hij lachte mij uit... zei dat ik gerust mijn gang kon gaan als ik dat wilde.
Ik werd woedend, mijn bloed kookte. Ik begon te schelden... maakte hem uit voor rotte vis. Ik weet niet wat ik allemaal tegen hem heb gezegd. Maar hij bleef lachen... smalend, honend. Jankend van woede en verdriet ben ik het huis uit gerend.'
De Cock keek haar doordringend aan.
'Toen leefde Hugo nog?'
'Toen leefde Hugo nog,' herhaalde Louise toonloos. 'Ik hoorde zijn lach nog toen ik in mijn wagen stapte.'
Ze liet haar hoofd zakken en zweeg.
Toen het wat lang duurde voor ze verder ging, duwde Vledder haar kin omhoog.
'We weten nog niets van uw zogenaamde verdwijning,' sprak hij opgewonden.
Louise de Mirabello keek met een blik vol verwijt naar hem op.
'Zover ben ik nog niet,' reageerde ze snibbig.
Ze draaide zich naar De Cock.
'Toen ik vanuit de oprijlaan de Schapendrift opreed, zag ik in het licht van mijn koplampen, aan de kant van de weg in de stromende regen een vrouw staan. Hoewel ik haar nog nooit persoonlijk had ontmoet, wist ik bij intuïtie wie zij was.
Ik stopte onmiddellijk, stapte uit mijn wagen en liep geschrokken op haar toe. "Carmen," vroeg ik. "Ben jij Carmen Snowdonia?"
De vrouw knikte. "Wat... wat komt u hier doen?" vroeg ik verward.
Ze keek mij aan.
"Iets rechtzetten," zei ze.'
Louise de Mirabello slikte.
'Ik begreep wat ze bedoelde en raakte in paniek. "Niet doen, niet doen," riep ik. "U wilt toch niet meer terug in de gevangenis?" '
Louise de Mirabello zuchtte diep.

'Ik heb zeker een half uur betoogd dat het dom was om iets tegen Hugo te ondernemen... dat hij het niet waard was om opnieuw gestraft te worden. Uiteindelijk kreeg ik haar zover dat ze bij mij in mijn wagen stapte. Ze vroeg mij om haar naar Hilversum te brengen. Ze had in de gevangenis vriendschap gesloten met een vrouw die nog een half jaar moest uitzitten. Die vrouw had haar de sleutel van haar woning gegeven.'
De Cock knikte begrijpend.
'En van die woning mocht zij tijdelijk gebruikmaken.'
'Ja.'
'Weet u nog waar u haar hebt afgezet?'
Louise knikte.
'Het was een straat dicht bij het station... de Koninginneweg. Als ik mij goed herinner was het nummer vierhonderdvijfenveertig.'
'Hoe laat was dat?'
'Wat bedoelt u?'
'Toen u haar in Hilversum afzette?'
'Half tien, schat ik. Ik was zelf om tien uur weer thuis in Amsterdam.'
De Cock keek haar peinzend aan.
'Had Carmen Snowdonia iets bij zich?'
'Hoe bedoelt u?'
'Een ruime tas... een plastic zak?'
Louise de Mirabello kneep haar wenkbrauwen bijeen.
'Een plastic zak, herinner ik mij... een flinke plastic zak van een of ander warenhuis. Maar ik heb niet gezien wat er in zat.'
De Cock vouwde zijn handen.
'Hebt u met haar in de auto nog over uw scheidingsperikelen gesproken?'
Louise de Mirabello knikte.
'Ze had er alle begrip voor dat ik niet met zo'n man onder een dak kon slapen.'
'Was ze bereid om samen met u die oude affaire opnieuw op te rakelen?'
Louise de Mirabello liet opnieuw haar hoofd zakken. Ze antwoordde niet.
De Cock boog zich naar haar toe.

'Was ze bereid om met u die oude affaire opnieuw op te rakelen?' vroeg hij dwingender.
Louise keek op. In haar donkere ogen blonk een traan.
'Ze zei... eh, ze zei: "Er zijn andere wegen voor een snelle scheiding".'

De Cock keek naar de grote klok boven de toegangsdeur van de grote recherchekamer. Hij gebaarde naar Vledder.
'Het is elf uur. Schenk eens een kop koffie voor ons in.'
Vledder stond gehoorzaam op en De Cock wendde zich tot Louise de Mirabello.
'Ze zei... er zijn andere wegen voor een snelle scheiding... moord?'
De vrouw ademde diep.
'Daar dacht ik aan. Echt, daar dacht ik aan. Toen ik de volgende morgen in de krant las dat Hugo in Blaricum dood in zijn woning was aangetroffen, wist ik wie daarvoor verantwoordelijk was.'
'Carmen Snowdonia.'
Vledder zette drie koppen koffie op het bureau van De Cock en Louise de Mirabello knikte. Ze nam een slok van haar koffie.
'Ze kon, nadat ik haar in Hilversum had afgezet, gemakkelijk naar de Schapendrift zijn teruggegaan om Hugo van kant te maken.'
Ze kneep even haar ogen dicht.
'Ook bekroop mij de angst.'
'Waarvoor?'
'Ik besefte dat het heel goed mogelijk was dat iemand iets van mijn ruzie met Hugo had gehoord en mij uit de villa had zien rennen. Verder had ik... hoe dan ook... een motief.'
'U wilde van hem af.'
'Precies.'
'U bent toen gevlucht?'
Louise de Mirabello schudde haar hoofd.
'Na ampele overwegingen besloot ik om naar Hilversum te gaan om Carmen Snowdonia te bewegen om zichzelf bij de politie aan te geven.'
De Cock knikte begrijpend.
'Heel knap,' sprak hij bewonderend. 'Dan was jijzelf niet langer verdachte.'

De grijze speurder keek haar onderzoekend aan.
'Maar het lukte niet. Carmen Snowdonia heeft zich nooit bij ons gemeld.'
In een droevig gebaar deed Louise de Mirabello haar hoedje met de voile af. Lang, zwart golvend haar gleed glanzend naar haar schouders.
'Ik heb haar ook nooit meer gezien. Toen ik bij daglicht in Hilversum in de Koninginneweg terugkwam, leek de straat heel anders dan in mijn herinnering. Op nummer 445 woonde een zielig oud vrouwtje. Ze had nooit van een Carmen Snowdonia gehoord.'
De Cock luisterde gespannen.
'En toen?'
'Ik heb een paar maal als een verdwaasde die straat op en neer gelopen in de hoop iets te herkennen.'
'U herkende niets?'
Louise de Mirabello schudde haar hoofd.
'Het gesprek met Carmen Snowdonia die avond tevoren in mijn wagen was zo aangrijpend, zo emotioneel, dat het vermoedelijk mijn waarneming heeft aangetast. Ik heb er anders geen verklaring voor.
In die straat was een café, 't Stammeneke. Daar ben ik naar binnen gegaan en heb een paar whisky's gedronken om wat tot mijzelf te komen.
Lieve mensen in dat café, maar ze konden mij niet helpen. De naam Carmen Snowdonia zei hen niets.'
Louise de Mirabello wreef met de rug van haar hand langs haar mond en verveegde haar make-up.
'Ik begreep dat wanneer Carmen Snowdonia nooit zou worden gevonden, ik dan mogelijk als verdacht van moord kon worden gearresteerd... moord op mijn man, Hugo de Goes.'
Ze wendde zich tot Vledder.
'Met wie ik in onmin leefde.'
De Cock glimlachte.
'Wat deed u besluiten om u te melden?'
Louise de Mirabello maakte een hulpeloos gebaar.
'Ik besefte dat ik niet eeuwig op de vlucht kon blijven. De spanning werd mij ook te veel. Bovendien miste ik Amsterdam... het huis aan de Herengracht. Ik overwoog dat ik beter mijn ver-

haal aan u kon vertellen, in de hoop dat ik door u zou worden geloofd.'
Ze keek vertwijfeld naar de rechercheurs op.
'Geloven jullie me?'
In haar stem trilde angst.
De Cock antwoordde niet. Ook Vledder zweeg. Na een korte pauze stond de grijze speurder op.
'Gaat u mee. Ik breng u even naar een verhoorkamertje. Intussen plegen mijn collega en ik overleg.'
Louise de Mirabello liep achter hem aan. Ze protesteerde niet toen De Cock de deur van het verhoorkamertje achter haar afsloot.
De Cock liep terug naar Vledder.
'Geloof je haar?'
De jonge rechercheur zuchtte diep.
'Haar verhaal klinkt aannemelijk. Maar zonder Carmen Snowdonia kunnen we het niet verifiëren.'
De Cock knikte.
'Je hebt gelijk. Maar ik voel er niet veel voor om haar vast te houden.'
Vledder schudde zijn hoofd.
'Ze moet wel ter beschikking blijven.'
De Cock schonk zijn jonge collega een milde glimlach.
Nog voor hij terug naar het verhoorkamertje stapte, rinkelde op zijn bureau de telefoon.
Vledder nam de hoorn op en luisterde. Na een enkele minuut legde hij de hoorn op het toestel terug.
De Cock monsterde zijn bleek gezicht.
'Wie was dat?'
Vledder wreef over zijn voorhoofd.
'De gerechtelijke politie in Gent,' sprak hij vermoeid. 'Ze hebben vanmorgen vroeg in het water van de Leie het lijk van mevrouw Lastensjouwer gevonden... een strop om haar nek.'

# 13

De Cock had moeie voeten.
Het was er ineens, onaangekondigd. Het was als een plotseling onweer bij een heldere hemel. Hij leunde achterover en legde zijn voeten op een hoek van zijn bureau. Met een van pijn vertrokken gezicht bevoelde hij zijn kuiten. Het was alsof geniepige kleine duiveltjes uit pure boosaardigheid met duizend spelden in zijn kuiten prikten. Hij kende de pijn die uit de holte van zijn voeten kwam, langs zijn hielen omhoog trok en zich vastzette in zijn kuiten. Hij wist ook wat die pijn betekende. Telkens als de zaken slecht verliepen, als zijn onderzoeken dreigden te verzanden en als hij het machteloze gevoel had volkomen in het duister te tasten, gaven die helse duiveltjes acte de présence.
Vledder keek hem bezorgd aan.
'Is het weer zover?'
De Cock knikte en sloot zijn ogen. Enkele minuten bleef hij zo zitten, bewegingloos en geconcentreerd. Zijn markant gezicht leek een stalen masker. Om de pijn te verdrijven zette hij zijn tanden in zijn onderlip.
'Het gaat wel weer over,' sprak hij mat. 'De pijn is nog wel te verdragen, maar de wetenschap dat wij na drie moorden en dagen van intensief speuren in feite nog geen stap verder zijn gekomen met ons onderzoek, bezorgt mij een angstig voorgevoel.'
Vledder keek zijn oudere collega met een blik vol ongeloof aan.
'Je denkt dat we er niet uitkomen en dat wij de moordenaar nooit zullen vatten?'
De Cock keek hem aan.
'Dat kan toch?' reageerde hij kalm. 'Hoeveel moorden blijven niet onopgelost?'
Vledder schudde resoluut zijn hoofd.
'Niet bij ons,' sprak hij ferm. 'Wij zijn er samen nog altijd uitgekomen.'
Op het gezicht van De Cock brak een glimlach door.
'Misschien is het bijgeloof.'
'Wat?'

'Dat mijn moeie voeten iets met de stand van ons onderzoek te maken hebben.'
Vledder lachte bevrijd.
'Vast.'
De Cock streek nog eens over zijn kuiten.
'Ik moet mij bij jou verontschuldigen.'
'Waarom?'
'Het was echt niet mijn bedoeling om in jouw verhoor van Louise de Mirabello tussenbeide te komen. Maar ik kon het gewoon niet laten.'
Vledder glimlachte.
'Ik begon niet goed. Dat besef ik best... veel te strak. Bovendien liet ze duidelijk blijken dat ze meer van jou was gecharmeerd dan van mij.'
De jonge rechercheur zweeg even.
'Ik vond het knap van je,' ging hij verder, 'dat je eraan dacht dat Carmen Snowdonia de strop, die wij om de nek van meester De Goes vonden, op dat moment bij zich moet hebben gedragen.'
'Als zij hem heeft gedood.'
'Daar lijkt het op. Of twijfel je daar nog aan?'
De Cock antwoordde niet. Hij tilde omzichtig zijn benen van zijn bureau. De pijn in zijn kuiten trok langzaam weg. Hij wees naar Vledder.
'Informeer eens bij de directie van de Bijlmerbajes of men weet met wie Carmen Snowdonia tijdens haar detentie vriendschap heeft gesloten en of zij het adres van die vriendin kennen?'
Vledder keek hem bewonderend aan.
'Dat is geen gek idee. Misschien kunnen we langs die weg achter haar verblijfplaats komen.'
De Cock gebaarde naar de telefoon.
'Je moet ook even contact opnemen met de politie in de regio Gooi en Vechtstreek. Een vrouw, woonachtig in Hilversum, die voor langere tijd een gevangenisstraf heeft opgelegd gekregen, moet bij de recherche toch bekend zijn.'
Vledder grijnsde.
'Misschien,' sprak hij aarzelend. 'Het aantal misdadige vrouwen neemt de laatste jaren sterk toe. Emancipatie. Ook in de criminaliteit staan de vrouwen tegenwoordig hun mannetje.'

De Cock negeerde de opmerking.
'Eerlijkheidshalve... vertel aan de luitjes van Gooi en Vechtstreek ook het verhaal van Louise de Mirabello en haar ontmoeting met Carmen Snowdonia op de Schapendrift... vraag of zij zelf al vorderingen hebben gemaakt bij hun onderzoek naar de moord op meester De Goes.'
Vledder knikte.
'Wat doen we met de moord op mevrouw Lastensjouwer?'
De Cock trok zijn schouders op.
'Het is een zaak voor de politie in Gent.'
Vledder trok een droevig gezicht.
'In Den Haag, in regeringskringen zal men hoogst geïnteresseerd zijn in de identiteit van de dader. Mevrouw Lastensjouwer was daar bijzonder populair. Het zou mij niets verbazen als ze ons naar Gent sturen om bij de oplossing te helpen.'
De Cock schudde zijn hoofd.
'We hebben daar geen opsporingsbevoegdheden. Bovendien heeft Den Haag Europol.'
Vledder grinnikte.
'Ik heb nog niets van hun activiteiten in deze affaire vernomen. Evenmin van onze veel geroemde BVD.'
Het klonk spottend.
De grijze speurder reageerde niet. Hij kwam uit zijn stoel overeind. De pijn in zijn kuiten was weg... de duiveltjes verdwenen. In zijn trage slenterpas begon hij door de grote recherchekamer te stappen. Dat deed hij vaak. In de cadans van zijn tred lieten zijn gedachten zich gemakkelijker ordenen. Plotseling raakte het raderwerk van zijn denken op volle toeren.
Bij zijn bureau bleef hij staan, trok een lade open en pakte de doorschijnende plastic zak met dreigbrieven. Hij smeet de zak in de richting van Vledder.
'Weet jij aan welke brief uit het geheime laatje van de secretaire van rechter De Mirabello wij nooit aandacht hebben besteed?'
'Nou?'
'De anonieme brief waarin iemand van rechter De Mirabello vergiffenis eist. De rechter zal die brief niet voor niets hebben bewaard. Ga eens na voor welke daad rechter De Mirabello vergiffenis zou moeten vragen... en aan wie?'

Ze stapten op de steiger in hun trouwe Golf. Vledder schoof achter het stuur.
'Hoe rijden we naar Hilversum?'
De Cock schudde zijn hoofd.
'Niet via de A1. Daar sta je op dit tijdstip van de dag altijd in een file.'
'Hoe dan?'
'Via Weesp langs de Gaasp. Dat is een veel mooiere route.'
Vledder startte de motor en reed de steiger af.
'Catharine van Ottersum.'
De Cock glimlachte.
'Catharine van Ottersum, een mooie naam. Was dat de vrouw met wie Carmen Snowdonia in de gevangenis vriendschap had gesloten?'
Vledder knikte.
'Ze heeft inderdaad een woning op de Koninginneweg. De huur laat ze maandelijks van haar uitkering overmaken. Maar niet op nummer vierhonderdvijfenveertig, maar op zeshonderdvijfenveertig.'
De jonge rechercheur grinnikte.
'Louise de Mirabello heeft zich een straatlengte vergist.'
De Cock tuitte zijn lippen.
'Ik kan mij dat wel voorstellen. Het was donker en haar gemoedstoestand was op dat moment niet bevorderlijk voor een goede waarneming.'
Vledder tikte met de gekromde wijsvinger van zijn rechterhand tegen de zijkant van zijn hoofd.
'Ik bedenk plotseling... Louise de Mirabello sprak niet over vervoer.'
'Van wie?'
'Van Carmen Snowdonia. Ze zag haar op de Schapendrift in de regen staan. Maar hoe ze op die Schapendrift is gekomen, weten we niet. Ze stapte bij Louise de Mirabello in de auto en die bracht haar naar Hilversum.'
De Cock knikte nadenkend.
'En als zij verantwoordelijk is voor de dood van meester De Goes... hoe kwam ze dan voor de tweede keer op de Schapendrift?'
Vledder reageerde enthousiast.

'Als ze met het openbaar vervoer heeft gereisd, maken we een kans. We kunnen de chauffeur benaderen die dat traject rijdt. En bij de TOHD* hebben ze beslist wel een foto van haar.'
De Cock blikte opzij.
'Heb jij haar nog op de telex gezet?'
Vledder knikte.
'Dat telexbericht met het verzoek tot opsporing van de verblijfplaats van Louise de Mirabello heb ik laten vervallen. Ze zit weer op de Herengracht.'
'Heel goed.'
Vledder sloeg bij Diemen de weg naar Weesp in.
'Als we Carmen Snowdonia op de Koninginneweg thuis treffen, arresteren we haar dan?'
De Cock zwaaide afwerend.
'Ik wil eerst met haar praten.'
De grijze speurder zweeg even.
'Voor welke daad zit die Catharine van Ottersum haar straf uit?'
Vledder grinnikte.
'Moord op haar echtgenoot. Ik denk dat Carmen Snowdonia zich daardoor tot haar voelde aangetrokken.'
'Hoe?'
'Wat bedoel je?'
'Hoe vermoordde ze haar echtgenoot?'
Vledder ademde diep.
'Nogal gruwelijk. Ze vermoordde haar man door hem... terwijl hij sliep... met een hamer een ijzeren tentharing door zijn hoofd te slaan.'
De Cock schudde vermoeid zijn hoofd.
'In wezen verandert de mens niet,' verzuchtte hij. 'Ook vrouwen blijven moordzuchtig. De bijbelse Jaël in het Oude Testament, huisvrouw van Heber, de Keniet, doodde de Kanaänitische veldheer Sisera met een tentpin en een hamer... terwijl de man sliep.'
Vledder glimlachte.
'Misschien was het haar voorbeeld... kende Catharine van Ottersum dat oude bijbelverhaal.'

* Technische Opsporings- en Herkennings Dienst

De Cock reageerde niet.
'Heb je die brief nog gelezen?'
'Je bedoelt die anonieme brief waarin van de rechter De Mirabello vergiffenis wordt geëist?'
'Precies.'
Vledder liet het stuur van de Golf even met beide handen los en zwaaide.
'De brief verwijst naar het milde vonnis dat rechter De Mirabello jaren geleden oplegde aan ene Henri Caspar van der Gouw.'
De Cock tastte naar zijn voorhoofd.
'Dat was toch de man die enige kinderen heeft aangerand en vermoord?'
Vledder trok zijn schouders op.
'Er staat mij niets van bij. Was het een Amsterdamse zaak?'
De Cock schudde zijn hoofd.
'Ik ken de bijzonderheden niet meer. Ik herinner mij wel dat de zaak bij de rechtbank in Amsterdam heeft gediend. Vraag de processtukken eens op. Misschien brengt het ons ergens.'
Vledder grinnikte.
'Ik zie er niets in. Maar als jij je door een berg papier wilt worstelen...'
De Cock kauwde nadenkend op zijn onderlip.
'Het zou mij niets verbazen,' formuleerde hij voorzichtig, 'dat rechter De Mirabello juist een zaak als Henri Caspar van der Gouw vertrouwelijk met zijn dochter Louise heeft besproken.'

Vledder parkeerde hun Golf op de Hilversumse Koninginneweg aan de rand van een smal trottoir. De rechercheurs stapten uit en slenterden langs een rij wat verwaarloosde huizen. Bij 645 bleven ze staan. Op de parterre was een bedrijfje gevestigd. De Cock monsterde het slot van de deur die naar de bovenste verdiepingen leidde. Daarna tastte hij in de steekzak van zijn regenjas.
Vledder keek hem bestraffend aan.
'Toch niet op klaarlichte dag?' siste hij. 'Dat kun je niet doen. Als de mensen het zien, krijgen we een berg ellende op ons dak.'
De Cock wuifde zijn bezwaren weg. Met kennersblik zocht hij de juiste sleutelbaard uit zijn koperen houdertje. In enkele se-

conden had hij de deur van het slot en ging naar binnen. Vledder volgde mopperend.
Op het portaaltje van de eerste etage bleef hij staan en klopte aan. Het duurde geruime tijd voor er werd gereageerd.
De Cock stond juist op het punt om opnieuw zijn apparaatje te pakken, toen de deur voorzichtig werd geopend. Een vrouw, gekleed in een zwartzijden peignoir keek hen verbaasd aan.
De grijze speurder nam beleefd zijn hoedje af.
'Mijn naam is De Cock,' sprak hij vriendelijk. 'De Cock met... eh, met ceeooceekaa.' Hij duimde opzij. 'En dat is mijn collega Vledder. Wij zijn als rechercheurs verbonden aan het politiebureau in de Warmoesstraat in Amsterdam.'
Hij bracht zijn beminnelijkste glimlach.
'En wie bent u?'
De vrouw antwoordde niet.
'Recherche,' snauwde ze. 'Recherche. Ik heb niets met jullie te maken.'
De Cock hield de glimlach op zijn gezicht.
'Ik vroeg wie u bent.'
'Catharine.'
'Verder?'
'Catharine van Ottersum.'
De Cock keek haar verwonderd aan.
'Bent u al in vrijheid gesteld?'
Catharine van Ottersum schudde haar hoofd.
'Ik heb een paar dagen proefverlof. Ik zal toch moeten leren om weer een normaal leven te leiden.'
De Cock knikte.
'Wanneer is uw straf ten einde?'
'Nog vier maanden.'
De Cock veinsde een huivering.
'Het is hier nogal kil met die open deur. Zullen we het gesprek binnen voortzetten?'
Catharine van Ottersum aarzelde even. Toen deed ze de deur verder open en ging de rechercheurs voor naar een gezellig ingerichte woonkamer. Ze wees naar gebloemde fauteuils rond een glazen tafel.
'Ga zitten.'
De Cock nam in een van de fauteuils plaats en legde zijn hoedje

naast zich op het tapijt. Vledder bleef naast hem staan.
Catharine van Ottersum liet zich in een fauteuil tegenover hem zakken.
De Cock keek haar onderzoekend aan. Hij schatte haar op achter in de dertig. Ze had een goed figuur en een knap ovaal gezicht. Het vuurrood geverfde haar deed daar afbreuk aan. De grijze speurder keek naar haar handen. Eens, zo realiseerde hij zich, hadden die handen een hamer en een tentharing vastgehouden.
In een opwelling vroeg hij: 'Kent u Jaël, de huisvrouw van Heber, de Keniet?'
Catharine van Ottersum keek hem niet-begrijpend aan.
'Zat ze ook in de bajes?'
Vledder lachte, maar De Cock hield zijn gezicht in een ernstige plooi.
'Als ik goed ben geïnformeerd,' ging hij rustig verder, 'hebt u in de gevangenis vriendschap gesloten met Carmen Snowdonia.'
Catharine van Ottersum knikte.
'Een lieve meid. Heeft het met haar kerel ook slecht getroffen.'
De Cock maakte een hulpeloos gebaar.
'Zo is het leven,' verzuchtte hij. 'We kiezen een partner en merken pas later dat we een verkeerde keuze hebben gemaakt.'
Catharine van Ottersum keek hem aan. In haar blik sloop achterdocht.
'Ik weet nog steeds niet wat jullie hier komen doen... controle of ik mijn proefverlof wel kuis doorbreng?'
De Cock lachte.
'Moet dat?'
'Weet ik veel.'
De Cock schudde zijn hoofd.
'U hebt uw woning tijdelijk afgestaan aan Carmen Snowdonia.'
Catharine van Ottersum knikte.
'Ze moest toch ergens heen.'
De Cock kwam uit zijn fauteuil omhoog.
'Mogen we even rondkijken?'
Catharine van Ottersum trok haar schouders op.
'Ga je gang. Ik heb niets te verbergen.'
De rechercheurs gingen speurend de woning rond. Het was

maar klein. Twee slaapkamers, een huiskamer, een douche en een keuken.
Na enkele minuten kwamen ze in de huiskamer terug en namen plaats in de fauteuils.
Catharine van Ottersum keek naar De Cock op.
'En... wat gevonden?'
De Cock schudde zijn hoofd.
'Ze is er niet.'
'Wie?'
'Carmen Snowdonia.'
Catharine van Ottersum keek De Cock verrast aan.
'Zoeken jullie haar?'
De Cock zuchtte.
'Wij zijn bang,' antwoordde hij traag, 'dat Carmen betrokken is bij de moorden op rechter De Mirabello en meester De Goes.'
Catharine van Ottersum grijnsde.
'Onzin.'
De Cock negeerde de opmerking. Hij boog zich naar haar toe.
'Waar is Carmen?' vroeg hij streng.
'Naar België... gistermiddag vertrokken.'

# 14

Met een vermoeid gebaar kwakte De Cock de volgende morgen een stapel documenten op het bureau van Vledder.
'Bewaar het nog een paar dagen hier op het bureau en dan kan het spul terug naar het archief.'
De jonge rechercheur keek naar hem op.
'Heb je je ermee geamuseerd?' vroeg hij met een zoete grijns op zijn gezicht.
De Cock zuchtte.
'Het taalgebruik in die processtukken is ongelooflijk ingewikkeld. Voor een normaal mens bijna niet te volgen. Het kostte mij gisteravond een paar uur om alles door te worstelen.'
'Zonde van je tijd.'
De Cock trok zijn schouders op.
'Ik wil niet dat ik later berouw krijg omdat ik iets over het hoofd heb gezien. Je mag in ons werk geen kans onbenut laten.'
'Wat is je conclusie?'
De Cock trok een vies gezicht.
'Die Henri Caspar van der Gouw komt uit de stukken naar voren als een beest van een mens. Onbegrijpelijk wat die man allemaal heeft uitgespookt. Een verziekt brein. Ik ben het met de anonieme briefschrijver of briefschrijfster eens, dat men zo'n man geen milde straf moet opleggen.
En ik kan mij voorstellen dat men als betrokkene van zo'n milde rechter eist dat hij daarvoor in het openbaar vergiffenis vraagt.'
Vledder lachte.
'Dat zal rechter De Mirabello nooit hebben gedaan.'
'Bij de justitie en rechterlijke macht erkent men geen fouten.'
Vledder keek hem nadenkend aan.
'Wie was in de zaak tegen die Henri Caspar van der Gouw de officier van justitie?'
De Cock grijnsde.
'Je mag raden.'
'Meester De Goes?'
De Cock knikte.

'Het was weer een knap staaltje rechtspleging van het edele tweetal.'
Vledder grinnikte.
'Ze kunnen nu geen kwaad meer doen. Ze zijn dood... beiden.'
De Cock wreef over zijn brede kin.
'En niet zonder reden... vrees ik.'
Vledder keek hem onderzoekend aan.
'Je voelt net als ik, geloof ik, geen greintje medelijden met de slachtoffers?'
De Cock gromde.
'Weinig,' antwoordde hij strak. 'Mensen in hun functies behoren hun werk goed te doen. Daar heeft de gemeenschap recht op. Het wangedrag van dergelijke lieden ondermijnt het vertrouwen in onze rechtspleging. Dat is naar mijn gevoel onvergeeflijk. Het tast ook ons werk als rechercheurs aan.'
Vledder fronste zijn wenkbrauwen.
'Wat ben je ernstig op de vroege morgen?' vroeg hij verwonderd. 'Meestal dartel je 's morgens uitbundig de dag in.'
De Cock ademde diep.
'Het doornemen van zo'n dossier is geen pretje. Daar word je echt niet vrolijker van.'
De grijze speurder veranderde van toon.
'Zijn er nog nieuwe ontwikkelingen?'
Vledder schudde zijn hoofd.
'Louise de Mirabello zit nog keurig thuis... hebben ze mij gerapporteerd. Over Carmen Snowdonia heb ik geen berichten binnen gekregen. Ik heb wel het adres aan de Koninginneweg, waar ze tijdelijk woont, aan onze collega's van de regio Gooi en Vechtstreek doorgegeven. Ze waren ons dankbaar en zouden het pandje bewaken.'
'En de knopenman?'
Vledder maakte een verontschuldigend gebaar.
'Ik heb voor het onderzoek naar de stroppen nog steeds geen echte knopenexpert kunnen vinden,' sprak hij spijtig. 'Ik heb wel een vroegere hopman van de zeeverkenners aangeboden gekregen. De man gaf vroeger aan jonge zeeverkenners les in het leggen van knopen.'
'En?'
'Vind jij dat een expert?'

De Cock antwoordde niet. Hij kwam uit zijn stoel overeind. 'Ik ga even naar Buitendam om hem te zeggen dat wij naar Gent gaan. Ik wil geen gezanik zoals de vorige keer.'
De mond van Vledder viel halfopen.
'Gaan we weer naar Gent?'
'Met de trein,' knikte De Cock. 'Ik wil dat je weer eens paling in het groen eet... ditmaal met genoeg muskadellen.'
De grijze speurder lachte vrolijk.
'*Heer,*' declameerde hij opnieuw, '*als wij beschonken zijn, wil ons dan dat kwaad niet tellen... 't is van de muskadellen.*'
Vledder keek hem niet-begrijpend aan.
'Je wilt toch niet alleen voor een portie paling in het groen met een extra glas wijn helemaal met de trein naar Gent?' vroeg hij verbouwereerd.
De Cock trok zijn gezicht in een ernstige plooi.
'Ik wil persoonlijk de strop zien om de nek van mevrouw Lastensjouwer.'

De Cock leunde behaaglijk in de kussens achterover en bezag het landschap dat wisselend aan hem voorbij trok.
'Wij doen alles met onze oude Golf. Stom, dat wij niet vaker met de trein gaan. Het is best comfortabel.'
De oude rechercheur glimlachte.
'Maar reisdrift is een hartstocht die niet zo sterk in mij leeft. Alleen als het strikt noodzakelijk is verlaat ik mijn vertrouwde Amsterdam.'
Vledder, tegenover hem, keek hem schattend aan.
'Dit reisje vind jij strikt noodzakelijk?'
'Absoluut.'
Vledder hield zijn hoofd iets schuin.
'Je had toch ook een foto van die strop om de nek van mevrouw Lastensjouwer kunnen vragen. Of hoop je Carmen Snowdonia in Gent tegen het lijf te lopen?'
De Cock maakte een wrevelig gebaar.
'Wat zeur je? Ik wil weer eens door Gent lopen... de sfeer proeven. En commissaris Buitendam had geen enkel bezwaar. Ik moest hem alleen beloven om voor zijn vrouw een doos Belgische bonbons mee te nemen. Daar is ze gek op.'
'Moeten we in Antwerpen overstappen?'

'Ja.'
'Hoeveel tijd hebben we daar?'
De Cock trok zijn schouders op.
'Dat heb ik niet nagekeken. Wat wil je dan?'
Vledder glimlachte vergenoegd.
'In Antwerpen nog eens een bolleke* drinken.'

De dode mevrouw Lastensjouwer lag naakt op de granieten sectietafel van het mortuarium. In haar dood zag ze er vredig uit. Haar handen gevouwen op haar borst gaven een rustig, bemoedigend beeld, alsof het sterven als een bevrijding was gekomen.
De Cock blikte opzij naar Lucas van Waveren.
'Waar is de strop?'
De man van de gerechtelijke politie duimde over zijn schouder.
'Die hangt op ons bureau te drogen. Ook haar kleren heb ik daar.'
De Cock stak zijn wijsvinger op.
'Ik wil de strop straks nog even zien. Ik wil er zeker van zijn dat de strop identiek is aan de stroppen die wij om de nek van rechter De Mirabello en meester De Goes hebben aangetroffen.'
Lucas van Waveren knikte.
'We lopen straks even naar het politiehoofdbureau.'
De Cock gebaarde naar de dode.
'Heeft uw onderzoek al iets opgeleverd?'
Van Waveren schudde zijn hoofd.
'Het is raadselachtig. Volgens de rechters met wie zij vergaderde, was aan haar niets te merken.'
'Weet u waar ze in het water is geraakt?'
Van Waveren zuchtte.
'We vermoeden in de Ketelvaart.'
De Cock fronste zijn wenkbrauwen.
'Aan de achterkant van het Justitiepaleis?'
Van Waveren knikte.
'Ik had mevrouw Lastensjouwer het parkeerplaatsje gegeven dat ik vroeger altijd voor rechter De Mirabello gereserveerd hield.'
'Op het Kuipgat?'
'Precies.'

* een verrukkelijk Belgisch biertje. Zie: *De Cock en moord op de Bloedberg*

'En haar wagen?'
'Die stond er nog. Met een halfopen linkervoorportier. We vermoeden dat iemand haar daar heeft opgewacht en haar in het water heeft geduwd.'
De Cock keek hem strak aan.
'Jos van Geesteren?'
Van Waveren kneep zijn lippen op elkaar.
'Onmiddellijk nadat wij het lijk van mevrouw Lastensjouwer uit het water hadden gevist, zijn wij naar de woning van de stierennek gegaan.'
'En?'
Van Waveren schonk hem een droevige grijns.
'Jos van Geesteren was niet thuis en zijn vrouw bezwoer ons dat ze niet wist waar wij hem konden vinden.'
'Zoals te verwachten.'
Van Waveren knikte.
'Ik heb inmiddels wel zijn opsporing, aanhouding en voorgeleiding verzocht.'
'U denkt dat hij verantwoordelijk is voor de dood van mevrouw Lastensjouwer?'
Van Waveren knikte opnieuw.
'En voor de beide moorden in uw land.'
De Cock staarde peinzend naar de dode op de snijtafel.
'Waar werd het lichaam van mevrouw Lastensjouwer gevonden?'
'Iets verderop in de Leie.'
De Cock pauzeerde even.
'Rechter De Mirabello en meester De Goes,' ging hij verder, 'werden met atropine vergiftigd. Dat was de doodsoorzaak. Ik adviseer u om ook in dit geval een toxicologisch onderzoek te laten verrichten.'
'Dat zal ik zeker laten doen.'
De Cock krabde op zijn voorhoofd.
'Hebt u wel eens gehoord van ene Henri Caspar van der Gouw?'
Van Waveren trok een denkrimpel in zijn voorhoofd.
'Dat... eh, dat was toch een Hollander die kinderen verkrachtte en vermoordde?'
De Cock knikte.

'Jan-Willem de Vries, de psychiater die hem destijds gezond heeft verklaard, vertrekt morgen naar Amerika. Hij heeft daar een leerstoel aan een universiteit aangeboden gekregen.'
Van Waveren lachte.
'Wees blij dat jullie hem kwijt raken.'
De Cock grinnikte.
'Ik vraag mij wel eens af of psychiaters zichzelf wel begrijpen.'
Vledder kwam tussenbeide. Hij tikte op zijn polshorloge.
'Als jij nog paling in het groen wil eten?'
De Cock lachte.
'Dat wil ik. We gaan eerst even op het politiehoofdbureau de strop bekijken.'
Hij wendde zich tot Van Waveren.
'Als u Jos van Geesteren hebt gearresteerd... krijgen wij daarvan een berichtje?'
Van Waveren knikte nadrukkelijk.
'U bent de eerste die het hoort.'

Ze reden met de trein naar Nederland terug. Het begon al een beetje te schemeren. Vledder blikte in de coupé om zich heen. Op zijn gezicht lag een sombere trek.
'Toe maar,' riep hij geprikkeld, 'eerste klasse. Ik heb het gevoel dat wij vandaag heel veel gemeenschapsgeld hebben verprutst.'
De Cock keek hem verwonderd aan.
'En dat stoort je?'
Vledder knikte nadrukkelijk.
'Ik vind dat we daar zuinig mee moeten omgaan.'
De Cock grinnikte.
'Het zou prachtig zijn als onze ministers er ook zo over dachten.'
Vledder spreidde zijn handen.
'Zijn we vandaag iets opgeschoten?'
De Cock knikte nadrukkelijk.
'Zeker. We hebben de strop gezien en weten dat mevrouw Lastensjouwer, net als rechter De Mirabello en meester De Goes, door dezelfde moordenaarshand is gevallen. En dat is een belangrijke aanwijzing.'
'Dat hadden we ook zonder een reis naar Gent kunnen vaststellen,' mopperde Vledder.

De Cock gebaarde om zich heen.
'De toeslag eerste klasse heb ik betaald en de muskadellen bij de paling in het groen komen ook uit mijn beurs. Ik declareer bij onze kas niet meer dan ons wettelijk is toegestaan. Stelt je dat gerust?'
Vledder zweeg en de trein raasde voort. Na een poosje verbrak de jonge rechercheur het zwijgen.
'Lucas van Waveren is nogal overtuigd van de schuld van Jos van Geesteren.'
De Cock knikte.
'Hij ziet in hem een ideale verdachte. Net zoals jij in Louise de Mirabello een ideale verdachte zag.'
Vledder reageerde heftig.
'Dat idee heb ik losgelaten,' riep hij kwaad. 'Ik houd het nu op Carmen Snowdonia.'
'Niet op de gewelddadige stierennek?'
Vledder schudde zijn hoofd.
'Carmen Snowdonia zal met haar geld best een gewillige moordenaar hebben gevonden. Er brandt genoeg haat in haar lijf. Ik gok op haar.'
De Cock grijnsde.
'Gokken is een verkeerde opsporingsmethode.'

Het was stil op de Zuidelijke Wandelweg. Bleek maanlicht schemerde tussen de kaal gewaaide bomen van het Martin Luther Kingpark. De Cock zat naast Vledder in de donkere laadruimte van een oude gammele bestelbus met op de buitenkant als opschrift de naam van een niet-bestaand aannemersbedrijf. Hij had het busje maar weer eens van het hoofdbureau geleend.*
Vanuit een kijkgat zag hij aan de overkant van de weg, afgetekend door een heldere sterrenhemel, het silhouet van een kapitale villa. Hij had de bewoner met klem verboden om voor wie dan ook de deur te openen. Toen De Cock hem had gezegd dat het zijn dood zou zijn, had de man rillend van angst beloofd niet op de deurbel of op telefoontjes te reageren.
De Cock had weer eens een beroep gedaan op zijn collega's Appie Keizer en Fred Prins. Zoals steeds hadden zij blijmoedig

* Zie: *De Cock en de geur van rottend hout*

hun medewerking toegezegd. Appie speelde zijn geliefde rol van een in lompen gehulde oude zwerver, terwijl de sterke en zwaar gebouwde Fred Prins de achterkant van de villa bewaakte.

De Cock wreef over zijn brede kin. De moeilijkheid was dat hij geen flauw benul had wanneer de moordenaar zou toeslaan. Hij hoopte dat de dader niet te laat naar bed wilde, anders kon het best een lange nachtwake worden.

Vledder boog zich naar hem toe.

'Weet je zeker dat de moordenaar komt?'

'Vrijwel.'

'Hoe?'

'Wat bedoel je?'

'Hoe weet je dat?'

De Cock zuchtte.

'Dat leg ik je nog wel eens uit.'

Vledder wees naar het kijkgat in de bus.

'Waarom bewaken wij juist deze villa?' vroeg hij fluisterend.

De Cock zuchtte opnieuw.

'Daar woont de man,' legde hij geduldig uit, 'die de moordenaar nog niet heeft gedood.'

'En dat is hij nu van plan?'

'Vast.'

'Vanavond?'

De Cock knikte.

'Vanavond,' antwoordde hij nukkig. 'Anders zaten we hier niet.'

De mobilofoon in de binnenzak van zijn regenjas kraakte.

De stem van Fred Prins kwam door.

'De bewoner doet alle lichten in de villa aan.'

'Dat heb ik hem geadviseerd.'

'Waarom?'

'Hij is bang.'

'Is er al iets te zien aan de voorkant. Ik sta hier te verkleumen.'

'Maak een looppasje... sluiten.'

De mobilofoon van De Cock kraakte opnieuw.

Het was Appie Keizer.

'Hier verderop heeft een man zijn auto geparkeerd. Hij loopt nu in de richting van de villa.'

'Kun je zijn gezicht zien?'
'Nee.'
'Laat hem eerst bellen. Niemand doet open. Hij zal vermoedelijk een poosje voor de deur van de villa blijven staan. Pas als hij weggaat of probeert in te breken, grijpen we in. Geef bericht als het zover is. En... let op dat hij niets weggooit... sluiten.'
De Cock voelde hoe de spanning bezit van hem nam. Zijn hart bonkte in een hoog tempo en een ader pulseerde in zijn hals.
Ook de adem van Vledder stokte.
De mobilofoon van De Cock kraakte opnieuw.
Het was weer Appie Keizer. Zijn stem klonk angstig.
'Waarschuw Fred Prins. Die man loopt naar de achterkant van de villa... sluiten.'
De Cock brulde in de mobilofoon. Fred Prins reageerde niet.
Achter Vledder stormde De Cock de laadruimte van de bestelauto uit. Hij verloor in korte tijd vele meters op zijn jonge collega, maar draafde gestaag door.
Van achter de villa kwam een man gerend. Fred Prins holde achter hem aan. In een vliegende tackle greep de jonge rechercheur de man bij zijn benen. Beiden buitelden over het grindpad. De man kwam op zijn buik terecht.
Appie Keizer en Vledder ploften op hem neer.
De Cock kwam naderbij.
'Draai hem om.'
Het gezicht van de man werd zichtbaar.
Vledder staarde hem verbijsterd aan.
'Lucas van Waveren uit Gent.'
Fred Prins kwam van achter de villa met een plastic zak.
'Dit gooide hij weg.'
De Cock trok een stuk touw uit het plastic.
'De strop,' verzuchtte hij. 'De strop voor de nek van psychiater Jan-Willem de Vries.'

# 15

De Cock deed de deur van zijn woning open. Op de stoep stond Vledder. De jonge rechercheur lachte wat verlegen. In zijn linkerhand bungelde een bos fraaie rode rozen.
'Voor je vrouw.'
De Cock grinnikte.
'Dat begrijp ik. Je zult voor mij geen rode rozen meenemen.' De grijze speurder bukte zich iets voorover. 'En als ik naar de struik kijk, dan heb je diep in de buidel getast.'
Vledder grijnsde.
'We lossen twee keer per jaar een belangrijke zaak op. Dat zijn twee bossen rozen per jaar. Dat heb ik best voor je vrouw over.'
De Cock deed een stapje opzij. 'Kom erin.'
'Zijn de anderen er al?'
De Cock knikte.
'Appie Keizer en Fred Prins zitten bij mijn vrouw en hebben de grootste verhalen. De meeste politiemensen zijn geboren vertellers.'
Ze stapten de woonkamer in. Mevrouw De Cock kwam onmiddellijk overeind en schudde Vledder ter begroeting de hand. Met een gebaartje van verrukking nam ze de rozen in ontvangst. Ze wuifde uitnodigend naar een diepe leren fauteuil.
'Ga zitten,' riep ze hartelijk. 'Mijn man vroeg zich al af waar je bleef.'
Vledder glimlachte.
'Ik heb nog wat zaken op papier gezet.' Hij gebaarde naar De Cock. 'Zijn stijve vingers kunnen de toetsen niet zo best meer beroeren.'
De Cock negeerde de opmerking. Hij vatte de fles fijne cognac Napoleon, die hij speciaal voor dergelijke gelegenheden in voorraad hield.
Hij vulde ruim de bodem van de bolle, voorverwarmde glazen en reikte die zijn vrienden aan. Daarna hield hij zijn glas omhoog.
'Op een integere rechtspleging.'
Het was even stil. Toen namen allen de toast over.
De Cock nam voorzichtig een slok van zijn cognac en zette zijn

glas daarna naast zich op een bijzettafeltje.
'Als de rechtspleging destijds integer was geweest, dan was Lucas van Waveren vermoedelijk nooit tot zijn daad gekomen. Maar rechters dienen vaak meer het belang van de verdachte dan het belang van het algemeen.'
Vledder boog zich naar hem toe.
'Ik heb er eens over nagedacht, maar volgens mij wist jij gistermorgen toen wij naar Gent reisden al dat Lucas van Waveren verantwoordelijk was voor de moorden op rechter De Mirabello, meester De Goes en mevrouw Lastensjouwer.'
De Cock knikte.
'Ik had het omvangrijke dossier van Henri Caspar van der Gouw doorgeworsteld en daarna was alles mij volkomen duidelijk.' De grijze speurder trok een somber gezicht.
'Ik geloof niet,' opende hij, 'dat het mogelijk is om een onderzoek absoluut foutloos te doen.'
Vledder keek hem verwonderd aan.
'Waar zijn we dan in de fout gegaan?'
De Cock gebaarde in zijn richting.
'Toen jij bij de woning op de Herengracht de sleutels van rechter De Mirabello vond, was ik ervan overtuigd dat de moordenaar de secretaire van de rechter had opgebroken. Alleen de moordenaar, zo redeneerde ik, kon de sleutels van de rechter hebben bemachtigd. De vraag was... wat zocht de moordenaar in de secretaire?'
Vledder keek hem onnozel aan.
'De dreigbrieven waarvan Louis de Mirabello had gesproken.'
De Cock knikte.
'Daar ging ik ook van uit. Maar de dreigbrieven bleken te zijn geschreven door Cornelis Houtman en in hem kon ik met geen mogelijkheid een moordenaar zien.
Ik had toen onmiddellijk mijn aandacht moeten richten op de brief waarin van rechter De Mirabello vergiffenis werd gevraagd. Maar door allerlei verwikkelingen met min of meer verdachte personen, zoals Louise de Mirabello, Carmen Snowdonia en anderen, kwam die gedachte niet bij mij op.
En dat is jammer, want daardoor is de uiteindelijke oplossing van de moorden dagen vertraagd. Bovendien begreep ik niet waarom de dader steeds een strop om de nek van de slachtoffers

legde. Ik was dat in mijn lange loopbaan bij de recherche nog nooit tegengekomen. Het leek zo zinloos, want met de doodsoorzaak had die strop niets te maken.'
Vledder grinnikte.
'Wanneer werd je wakker?'
De Cock nam nog een slok van zijn cognac.
'Toen Cornelis Houtman over de Gentenaar Jos van Geesteren zei: 'Die *stroppendrager* liet mij niet eens binnen.' Ik wist tot dat moment niet dat de Gentenaars spottend stroppendragers worden genoemd. Zoals onze Zwollenaren de bijnaam van blauwvingers hebben.
Ik ging op zoek en kwam bij de *Concessio Carolina* uit in vijftienhonderdveertig.'
Fred Prins stak zijn armen omhoog.
'Wat is de Concessio Carolina?'
De Cock lachte.
'Het stadsbestuur van Gent weigerde in vijftienhonderdzevenendertig aan de landvoogdes Maria van Hongarije belasting te betalen. De Gentenaars kwamen tegen haar in opstand. Haar broer Keizer Karel de Vijfde kwam haar enige jaren later te hulp. Hij nam de stad Gent in en strafte wreed. De aanzienlijken en leiders moesten met een strop om hun nek aan de Keizer vergiffenis vragen. Die straf ging de geschiedenis in als *Concessio Carolina.*'
Fred Prins keek hem niet-begrijpend aan. 'Hoe hielp je dat?'
'Ik besefte ineens dat die strop om de nek van de slachtoffers niet alleen betekende *straf* en *dood,* maar ook een *eis* tot *vergiffenis.*'
Vledder glimlachte.
'En over een eis tot vergiffenis handelde ook die anonieme brief uit het geheime laatje van de secretaire van rechter De Mirabello.'
De Cock knikte.
'Die brief verwees naar een mild vonnis opgelegd aan Henri Caspar van der Gouw.'
Appie Keizer stak zijn hand op.
'Wat was dat voor een man?'
De Cock krabde zich achter in zijn nek.
'Een serieverkrachter en gruwelijke moordenaar van jonge meisjes.'

'En daar is hij voor gestraft?'
De Cock grijnsde.
'Mild, zo mild, dat hij al na enkele jaren door justitie en met behulp van een psychiater weer in vrijheid werd gesteld.'
'Wat heeft Van Waveren daarmee te maken?'
De Cock gebaarde.
'Een van de vele slachtoffertjes van de in vrijheid gestelde Henri Caspar van der Gouw was de vijftienjarige Gabriëlle-Brigitte, dochter van onze collega Van Waveren uit Gent.'
Vledder keek hem verrast aan.
'Dan was het toch stom van Van Waveren, om aan rechter De Mirabello een brief te schrijven die direct naar hem verwees?'
De Cock zuchtte.
'Ik heb vanmorgen uren met hem zitten praten. Gabriëlle-Brigitte was zijn enig kind. Een engeltje. Hij en zijn vrouw waren stapel op die meid.
Op een dag was ze verdwenen en na enige dagen werd haar lichaam in de Leie, niet ver van hun woning, gevonden. Ze was verkracht en gewurgd.'
Mevrouw De Cock schudde verbijsterd haar hoofd.
'Verschrikkelijk.'
De Cock knikte.
'Het echtpaar Van Waveren heeft in die tijd heel veel tranen in hun huisje aan de Leie geplengd.'
'Dat kan ik mij voorstellen.'
'De dader... Henri Caspar van der Gouw... werd ongeveer een maand later in ons land gearresteerd en bekende nog paar gruwelijke moorden op jonge meisjes.'
De Cock pauzeerde even.
'In tegenstelling tot wat men zou verwachten,' ging hij verder, 'is Lucas van Waveren geen rancuneus mens... geen man die onmiddellijk de dood van de moordenaar eiste. Hij vroeg zich af hoe iemand tot een dergelijk gedrag kwam en begon zich te verdiepen in de psyche van mensen met agressieve perversie... perversie met agressieve componenten. Na een studie van maanden kwam hij tot de conclusie dat deze mensen incurabel zijn... ongeneeslijk gestoord.
Deze conclusie bracht hem ertoe om niet langer de feitelijke dader verantwoordelijk te stellen voor de dood van zijn dochter,

maar de mensen die er in hadden toegestemd dat zo'n ongeneeslijke man weer op de samenleving werd losgelaten... wetend, dat hij weer zou toeslaan.'
De Cock spreidde zijn handen.
'En toen schreef Van Waveren in een opwelling zijn anonieme brief aan rechter De Mirabello met zijn eis om in het openbaar vergiffenis te vragen.'
Vledder slikte.
'Hij had toen nog niet het plan om de verantwoordelijke mensen uit te moorden?'
De Cock schudde zijn hoofd.
'Dat kwam pas later. Zijn vrouw werd ziek, kon het verdriet om de dood van haar dochtertje niet verwerken en stierf.'
De Cock worstelde tegen opkomende tranen.
'Hij heeft vanmorgen bij mij zitten janken als een klein kind. Lucas van Waveren was alles kwijt. Aan het gelukkige leven dat hij met vrouw en kind leidde, was in een korte tijd een eind gekomen.
Vanaf dat moment stond zijn besluit vast. De in zijn ogen verantwoordelijke lieden dienden met de dood gestraft te worden. Doelbewust trof hij voorbereidingen om hen uit te moorden. Hij knoopte in alle gemoedsrust vier identieke stroppen.
Bij een behandeling van een inbraak bij een farmaceutische industrie in de buurt van Gent, nam hij als rechercheur van de gerechtelijke politie bij de verdachte van die kraak een fikse partij atropine in beslag. Dat bracht Lucas van Waveren op het idee om vergif te gebruiken. Hij hield een deel van de atropine achter en brouwde zijn Sint Jansminnedronk.'
Fred Prins grinnikte.
'Wat brouwde hij?'
De Cock lachte om de reactie van zijn jonge collega.
'Zijn Sint Jansminnedronk.'
'Waar komt dat vandaan?'
De Cock plukte aan het puntje van zijn neus.
'Het was vroeger gebruikelijk dat de beul op het schavot, onder de galg, aan de veroordeelde een laatste glas wijn aanbood... de Sint Jansminnedronk.'
Vledder zuchtte.
'En dat gaf hij zijn slachtoffers te drinken?'

De Cock knikte.
'Het was een snelle dood en de slachtoffers koesterden geen argwaan. Hij was immers hun beschermer tijdens de vergaderingen in het Justitiepaleis in Gent?'
Hij wachtte rechter De Mirabello en mevrouw Lastensjouwer na hun bezoek aan brasserie De Midi aan de voorkant van het Justitiepaleis op. Ze hadden geen schijn van kans. Argeloos dronken zij het glas wijn dat hij hun aanbood. De strop kwam later... als symbool van zijn eis om vergiffenis.'
Vledder keek hem aan.
'En meester De Goes?'
De Cock trok zijn schouders op.
Bij meester De Goes aan de Schapendrift in Blaricum meldde hij zich als rechercheur van de gerechtelijke politie en de officier van justitie liet hem zonder enige argwaan binnen.'
De Cock schonk nog eens in. De lange uiteenzetting had hem vermoeid. De cognac gleed strelend langs zijn keel.
Het gesprek werd algemener en mevrouw De Cock kwam uit de keuken met schalen vol lekkernijen en liep presenterend rond. De oude rechercheur placht op strikt vertrouwelijke momenten wel eens te onthullen dat hij zijn lang en gelukkig huwelijksleven louter dankte aan de culinaire gaven van zijn vrouw.
Het was al vrij laat toen de laatste gasten vertrokken.
De Cock liet zich in zijn fauteuil onderuitzakken en schonk zich nog eens in. Zijn vrouw schoof een poef bij en kwam bij hem zitten.
'Ik hoop voor die Van Waveren dat hij een milde rechter treft.'
De Cock keek haar aan.
'Dat verwacht ik niet. Zo mild als men voor Henri Caspar van der Gouw was, zo streng zal men voor Lucas van Waveren zijn.'
'Hij is toch geen kindermoordenaar.'
De Cock schudde zijn hoofd.
'De rechters zullen betogen dat Lucas van Waveren het fundament van de rechtsstaat heeft aangetast en dat zal men hem nooit vergeven.'
Mevrouw De Cock keek hem geschrokken aan.
'Ik ben het er niet mee eens,' sprak ze opstandig. 'Je kunt zo'n man niet strenger straffen dan een meervoudige kindermoordenaar.'

'Je zult zien dat dat gebeurt.'
'Oneerlijk.'
De Cock keek haar schuins aan.
'Kun jij Lucas van Waverens daden begrijpen?'
Mevrouw De Cock knikte.
'Die man had toch niets meer te verliezen? Hij was vrouw en kind kwijt.'
De oude rechercheur schudde zijn hoofd.
'Dat bedoel ik niet. Is het wangedrag van rechters en of officieren van justitie een excuus voor moord?'
Mevrouw De Cock maakte een wanhopig gebaar.
'Justitie en rechterlijke macht moeten er zelf voor zorgen dat er geen onrechtvaardige rechters en onnutte officieren van justitie zijn.'
De grijze speurder streek zijn vrouw teder over haar grijzende haren.
'Een ideaal beeld. Maar zo zit onze samenleving niet in elkaar. Er zijn groepjes, vrienden, kliekjes, en er zijn verstrengelingen van belangen.'
Ze schoof iets dichter naar hem.
'Hoe kreeg je Lucas van Waveren zover,' vroeg ze plotseling, 'dat hij op een tijdstip dat het jou zinde, een moordaanslag op de psychiater deed?'
De Cock glimlachte.
'Ik vertelde Van Waveren dat de psychiater Jan-Willem de Vries spoedig naar Amerika zou vertrekken omdat hij daar een leerstoel had aangeboden gekregen.'
'Dat was een leugen?'
De grijze speurder knikte.
'Het was een leugen.'
Mevrouw De Cock schudde haar hoofd.
'Soms... eh, soms vraag ik mij af met wat voor een man ik ben getrouwd.'
De oude rechercheur glimlachte.
'Een man die van je houdt.'

*De volgende boeken van Baantjer zijn bij de Fontein verschenen:*

1 1963 De Cock en een strop voor Bobby
2 1965 De Cock en de wurger op zondag
3 1965 De Cock en het lijk in de kerstnacht
4 1967 De Cock en de moord op Anna Bentveld
5 1967 De Cock en het sombere naakt
6 1968 De Cock en de dode harlekijn
7 1969 De Cock en de treurende kater
8 1970 De Cock en de ontgoochelde dode
9 1971 De Cock en de zorgvuldige moordenaar
10 1972 De Cock en de romance in moord
11 1972 De Cock en de stervende wandelaar
12 1973 De Cock en het lijk aan de kerkmuur
13 1974 De Cock en de dansende dood
14 1978 De Cock en de naakte juffer
15 1979 De Cock en de broeders van de zachte dood
16 1980 De Cock en het dodelijk akkoord
17 1981 De Cock en de moord in seance
18 1982 De Cock en de moord in extase
19 1982 De Cock en de smekende dood
20 1983 De Cock en de ganzen van de dood
21 1983 De Cock en de moord op melodie
22 1984 De Cock en de dood van een clown
23 1984 De Cock en een variant op moord
24 1985 De Cock en moord op termijn
25 1985 De Cock en moord op de Bloedberg
26 1986 De Cock en de dode minnaars
27 1987 De Cock en het masker van de dood
28 1987 De Cock en het lijk op retour
29 1988 De Cock en moord in brons
30 1988 De Cock en een dodelijke dreiging
31 1989 De Cock en moord eerste klasse
32 1989 De Cock en de bloedwraak
33 1990 De Cock en moord à la carte
34 1990 De Cock en moord in beeld
35 1991 De Cock en danse macabre
36 1992 De Cock en een duivels komplot
37 1992 De Cock en de ontluisterende dood
38 1992 De Cock en het duel in de nacht
39 1993 De Cock en de dood van een profeet
40 1993 De Cock en kogels voor een bruid
41 1994 De Cock en de dode meesters
42 1994 De Cock en de sluimerende dood
43 1995 De Cock en ’t wassend kwaad
44 1995 De Cock en het roodzijden nachthemd
45 1996 De Cock en moord bij maanlicht
46 1996 De Cock en de geur van rottend hout
47 1997 De Cock en een dodelijk rendez-vous
48 1997 De Cock en tranen aan de Leie
49 1998 De Cock en het lijk op drift
50 1998 De Cock en de onsterfelijke dood
51 1999 De Cock en de dood in antiek
52 1999 De Cock en een deal met de duivel
53 2000 De Cock en dood door hamerslag

*Andere titels van Baantjer:*
Rechercheur Versteegh en de dertien katten
Misdaad in het verleden
Een Amsterdamse rechercheur
Rechercheur Baantjer van Bureau Warmoesstraat vertelt, deel 1 t/m 10

*Verkrijgbaar bij de boekhandel*